世界少年经典文学丛书

是与非的故事

[俄罗斯]巴巴斯维莱　著

姜春香　编译

中国出版集团　现代出版社

图书在版编目（CIP）数据

是与非的故事／（俄罗斯）巴巴斯维莱著；姜春香编译. —北京：现代出版社，2013.2

ISBN 978 - 7 - 5143 - 1277 - 5

Ⅰ．①是…　Ⅱ．①巴…②姜…　Ⅲ．①童话－作品集－俄罗斯－近代
Ⅳ．①I512.88

中国版本图书馆 CIP 数据核字（2013）第 022111 号

作　　者	巴巴斯维莱
责任编辑	刘　刚
出版发行	现代出版社
通讯地址	北京市安定门外安华里 504 号
邮政编码	100011
电　　话	010 - 64267325　64245264（传真）
网　　址	www.xdcbs.com
电子邮箱	xiandai@cnpitc.com.cn
印　　刷	三河市嵩川印刷有限公司
开　　本	700mm×1000mm　1/16
印　　张	9
版　　次	2013 年 2 月第 1 版　2021 年 8 月第 3 次印刷
书　　号	ISBN 978 - 7 - 5143 - 1277 - 5
定　　价	29.80 元

序　言

　　孩子是未来的希望，是父母心中的天使，是充满快乐的精灵。小学阶段更是孩子最快乐的时光，是孩子成长发育的黄金阶段。为了让孩子学习更多的课外知识，享受更加丰富的学习乐趣，我们策划了本丛书！

　　从小让孩子多读课外书，对培养孩子健康的心态和正确的人生观无疑将起着非常重要的作用。自《语文课程标准》公布以来，不少富有敬业精神、有才干的教师，在他们的教学中，担当起阅读教育的重担。他们在严谨的选材中，利用丰富的文学资源，向学生推荐了大量优秀的课外读物，实施了以"练成阅读和作文的熟练技能"为重要内容的阅读教育。大千世界充满了丰富的知识。阅读能丰富小学生的语文知识，增强阅读能力，提高写作水平，开阔视野，增长智慧。阅读本丛书，能够使孩子享受到阅读的快乐，激发起更浓厚的阅读兴趣，孩子的生活将充满新的活力与幸福！本丛书精选了世界名著和中国经典书目中流传最广、影响最大、最脍炙人口的作品，是培养小学生理解能力、记忆能力、创造能力的最佳课外读物。

　　最后需要指出的是，本丛书把世界上流传甚广的经典童话、寓言等也尽收其中，并将这些文学作品重新编写审订，使作品在不影响原著的基础上更适合少年儿童阅读，在丰富他们课余生活的同时提高语言和文字表达能力。本丛书通过科学简明的体例、丰富精美的图片等有机结合，使小读者不仅能直观地领略作品的精髓，而且还能获得更为广阔的文化视野和愉快体验。希望本丛书能成为孩子生活的一缕阳光照亮孩子前进的道路，能成为一丝雨露滋润孩子纯净的心灵。

编　者

目　录

是与非的故事

卡希旦卡

是与非的故事

狼朋友

在很久很久以前有那么一个人，他有三个儿子。

这个人建造了一座非常漂亮的花园，还在花园的墙壁上装了一扇门，门一直都是锁着的，他的儿子也从来没有从这扇门出去过。

一天，父亲把他们都叫了过来说："亲爱的孩子们，我现在有一个问题。说不定你们能够帮我解决这个问题。你们知道，我们的花园里有一扇总是锁着的门，我可以确切地告诉你们，门的里面有另一个花园，那里种着一棵苹果树，可是每年苹果树只能结三个苹果。二十多年来，我看着那些慢慢长出来的青苹果，看着苹果慢慢地变成了粉红色，可是还没有等到苹果成熟，就被人偷走了。现在苹果又快成熟了，我想吃一个成熟的苹果。只这一次就好。这样的话，你们就得替我抓住那个偷苹果的贼。"

三个儿子坐在一起商量解决问题的办法，最后他们决定轮班看守苹果树，要看守到成熟为止。

第一天晚上是大儿子看守的。可是到了半夜里他却睡熟了，等他醒来以后，发现已经少了一个苹果。

第二天晚上是二儿子看守的，同样少了一个苹果。

父亲很是发愁，不光是因为那两个苹果被贼偷了，更糟糕的是，他的两个儿子让他很失望。

第三个晚上，轮到小儿子看守了。他比两个哥哥都要聪明得多，他到花园里去之前，早已做好了充分地准备。他带了一盆冷水去，当觉得迷迷糊糊要睡的时候，就把冷水泼到脸上，竭尽全力使自己提高警惕。

过了不久，他看到一只小鸟飞到了那棵苹果树上。他想，这个小东西该不会就是小偷儿吧？他轻轻地爬到树上去，抓住了小鸟的尾巴。就在这时，这只鸟用嘴叼着最后一个苹果快速地飞走了。他所抓到的只是两根尾巴毛而已。看了看鸟尾巴毛，他意识到这是一只夜莺。

他非常生气。这一晚就再也睡不着了。

第二天清晨，当他的父亲问他的时候，他不得不据实说出了这件令人非常不愉快的事情。

"好吧，"他的父亲欣慰地说，"我相信你说的一定是真的。如果你们兄弟三人都有勇气，就去帮我找寻那个偷我苹果的贼，那么我死了也是快活的了。"

于是，三个儿子各自背了一袋粮食，出发了。他们走了一段很远很远的路，后来走到三岔路口，要分开赶路了。在岔路口的当中竖着一块有三面字的石碑。

第一面写着："谁选择走这条路，就会回来得非常快。"

第二面写着："谁选择走这条路，就会回来得非常迟。"

第三面写着："谁选择走这条路，就会回来得不迟不快。"

他们看完这块石碑后，知道终于到了分别的时候了，各自要走各自的路了。当然，大哥先挑了一条路，他挑了那条可以早回来的路；二哥挑了第二条比较好走的路，回来要迟些；最小的兄弟已经没有选择的余地了，只好走剩下的那条路。

大家分别的时候，大哥说："如果谁回来了，什么时候回来的，我们怎么能知道呢?"

二哥想出来一个法子说："我们每个人拿一把悬在剑旁的小刀放在石碑的下面。等我们回来的时候，再拿出自己的小刀来，这样，我们就可以知道谁回来得早了。"

于是他们那样做了，开始各走各的路。

最小的弟弟走着走着，谁也不知道他走的路到底有多长，有多远。一天黑夜，他走进了一个茂密的树林子。那里的树，从这个世界有始以来，一直长在那里。忽然间，他听到后面有碎碎的脚步声。

他往四周瞧瞧，看到一只灰色的狼。这只狼紧跟在他的身后，已经过了两天两夜了。他想，这只狼一定饿得很厉害了，可是他的食物袋里的面包也已经不多了。他从中拿出一半来，放在路上给那只灰色的狼吃，自己继续往前走。

狼看到面包后，就狼吞虎咽地吃起来。狼心想："那个小伙子把他最后的面包分一些给我吃，从来没有一个人待我像他这样好。"

狼跑得很快，不久就追上了小伙子。

"你别害怕，"狼说，"我跟你一起去，你到哪儿都可以，只要我能做得到，我都会尽力帮助你。来把你的食物袋快放在我的背上吧。我可以帮你做的第一件事就是拿这个袋子。"

于是他们一块儿上路了。在路上，小伙子把夜莺偷苹果的事讲给狼听。

狼说："听你这么说，我知道你要找寻的那只鸟在哪。你走这条路对的。如果你照我告诉你的话去做，我俩可以很快地抓住这个贼。"

"我一定会照你所说的话去做。"小伙子很愿意地说。

他们一直往前走，往前走。一路上讲故事，猜谜语，说笑话，并不感觉寂寞。当他们疲倦的时候就休息，肚子饿的时候，小伙子就去打猎，把野兔子、野鸟放在火里烤，烤完后他和狼各分一半来填饱肚子。

过了很长时间以后，他们终于走出了树林子，远远地看到一个华丽的城堡。

"就是这个地方了，"狼兴奋地说，"现在照我的话去做。明天这里会是一个国家的纪念日，大家有吃有喝，会庆祝那个蠢笨的王子的生日。大约九点钟，我们就去参加生日派对。他们一定会把你当作客人，奉为上宾。你要吃什么都可以，不过喝酒不能超过三杯。不要受人怂恿而多喝。

"待时间晚了，音乐停下来，他们都睡得打呼噜的时候，你就走到城堡的当中。穿过九个房间后，你就走到走廊上，会发现我们要找寻的那只鸟就在笼子里。不过，请别拿走鸟笼子，只要把贼鸟弄到手，那就行了。"

他们走到城堡附近停了下来，狼在篱边的树荫下面躲了起来，小伙子仍然继续前行。

事情就和他们预先设想的完全一样。大约到了晚上十二点钟，音乐真的停了下来了，客人们都靠在墙壁上睡觉。小伙子独自到走廊上去，笼子里果真关着他所寻找的那只贼鸟。从鸟的尾巴少了的两根羽毛来看，就可以看出来它就是那只贼鸟。

这时他正要把那只鸟抓出来，忽然发现笼子是用纯金打造的。于是他顺手举起笼子，

就在这个时候，全屋子都莫名地叫了起来："被人偷走了。"墙壁也在叫，地板也在叫。客人、地毯、椅子，他们都在叫："夜莺被人偷走了。"屋子外面的，树啊草啊也互帮互衬着叫："夜莺被人偷走了。夜莺真的被人偷走了。"

　　王宫里的士兵抓住这个小伙子，把他带到国王面前。"偷鸟贼在这里。"

　　国王问他："你为什么要做偷鸟这种坏事？犯了罪是要处以死刑的，你到底知道不知道？"

　　小伙子说："那么也该杀掉你那只鸟。"他就讲诉了他父亲的花园里苹果无故丢失的故事。

　　"你马上拿出证据来！"国王命令式地斥喝他。

　　小伙子从上衣口袋里拿出两根鸟尾巴上的羽毛，国王再也没办法怀疑他的话了。

　　"好吧，"国王无奈地说，"我可以把这只夜莺送给你。不过只有一个条件，那就是在我们周边的一个国家里，有一匹蓝色的宝马。我一定要这匹宝马。你如果能把那匹马带到这里来，我就答应给你这只夜莺。"

　　小伙子跑到狼的面前，承认自己的错误。

　　"小伙子，鼓起勇气来，"狼说，"我们要想办法得到那匹宝马。这一次你可别忘记按照我告诉你的话去做。你找到那匹马之后，抓住它的额毛，它就会主动跟着你走的。千万不要碰它的缰绳！"狼举起爪子拍了拍小伙子的肩膀，眼死盯着他说，"无论如何，请记住，千万别碰马缰绳！"

　　"我一定能够做到，我一定能够做到。"小伙子肯定地说。

　　他们走了好多天，好多夜，好多个星期，好多个月的走着，后来终于到了那个有那匹马的国家。小伙子找到了门，快速走进马棚里，可是——你耐心听着，分辨聪明人和笨人的方法是这样的……聪明人只会做错一次相同的事情。后来发生一些什么事情，读者也能料到吧。这个小伙子仍然抓住了马的缰绳。

　　马棚门、马鞍、谷草，还有装荞麦的袋子都大声地喊叫——"宝马被人偷走了！宝马被人偷走了！"

　　马夫们捉住了这个小伙子，送到了国王面前。这个国王从头听完了他闯祸的过程。

　　国王说："你跑到这么远来，那么你可以跑得更远。周边的国家里住着一个王后，王后有一个漂亮的公主，大家都叫她红女郎。把这个红女郎带来给我，你可以得到那匹宝马。"

　　小伙子再次走到狼那里去商量以后该怎么做。

　　狼说："我们可以再试试看。不过，这一次如果还是失败了，我就不能跟你在一起了，要回到树林里去了。"

　　于是他们再次整装出发向前走。

　　他们走到了红女郎住着的那个城堡。狼对旁边的小伙子说："你就躲在她们花园里的梨树下面。等红女郎跟着她的妈妈来这里采花。她们采了一把花之后要回家去，红女郎跟别的女士一样，回过身来还要采些花。这时你就立刻跳出去，抓住她，把她抱出篱笆墙外面，我在那里等着你们回来。"

　　这一次小伙子做得很是成功，他们没有被人发现，跑走了。

　　开始，红女郎很生气。不过，他们一路走来的时候，她发现她路上的伙伴真好——一只狼会讲话，一个小伙子既勇敢又帅气——逐渐地她跟他们做了好朋友。

　　当他们快要走到那个有一匹蓝色宝马的国王的城堡时，狼说："把我们的红女郎献给国王，拆散我们路上的伙伴，是多么丢脸的一件事啊。让我来告诉你怎么做。你带着红女郎进去，到了晚上他们肯定会庆祝国王终于得到了红女郎，待庆祝到疲倦的时候，你们两个人就骑着那匹蓝色的宝马逃出来。"

　　他们如实这样做了。

　　小伙子跨上蓝色的宝马，红女郎坐在他的前面，狼在旁边跟着他们一起跑。

他们终于到了那个有夜莺的城堡里，他们再按照着老法子去做。现在这个小伙子也得到了鸟。

最后，他们终于快要走到小伙子和狼第一次见面时的那个树林子旁了。

"好吧，"狼不忍心地说，"让我们在这里坐下来聊聊天。这是我们在一起的最后半个钟头了，我要对你们说'再见'了。你要的东西都已经得到，你可以不需要我的帮助了。我们分别的时候到了。"

红女郎伤心地哭了起来。小伙子也很痛苦说："不，你千万不要离开我们。我们三个要一直待在一块儿，永远待在一块儿。"

最后，狼欣喜地答应了。他们一直走到藏小刀的那个地方。当他们扳起石碑的时候，三把小刀都还在那里。

"我的两个哥哥失踪了，"小伙子哭着说，"我一定要去找他们。"

"我来帮你想办法，"狼告诉他，"你现在拿着你的小刀回家去。你的父亲要你做的事，你已经完成了。"

"听取狼的意见吧。"红女郎哭泣着恳求。

"不。"小伙子拒绝，他严肃地说，"在这个树林子里，我来用树枝给你们搭一间小棚屋，你们待在一起，等着我回来。"

他找寻到他二哥走的那条路，于是就出发了。谁知道他要走的路有多远呢？

后来他走到一家理发铺子跟前，看见一个人穿了一条长长的白色围裙，正在打扫地板上的头发。他终于找到他的哥哥了。

"你怎么在做这种工作？"他质疑地问。

"我赌钱结果把自己输掉了，"他的二哥说，"我到这里来，碰到一个非常喜欢赌钱的公主。我一开始拿钱跟她赌，后来拿食物袋跟她赌，再后来只能拿我的衣服跟她赌。可是每次都是我输。所以最后我只能拿自己的身体跟她打赌，可是又输掉了。有时候我想起这件事，就觉得我赌钱的运气真的不好。现在我做了她的奴隶，她把我发配到这家理发铺子里来当学徒了。"

"公主叫什么名字？"小伙子问。

他的二哥如实告诉了他。

"你拿这张纸条给她看。"小伙子在纸条上写着："全世界最厉害的赌手，要跟你一决高下。"

过了几分钟，公主送还回一张纸条。"我没空。"

小伙子回答她："如果你怕输，那么全世界最厉害的赌手是不会硬要劝你和我赌的。"

限时五分钟之内，公主还是答应跟他赌钱了。

"我们来玩三回。"小伙子自信满满地对她说。

"好的。"她也自信地回答着，接着就摇起骰子杯来。

第一回合小伙子把公主的带的钱都赢了过来；第二回又把他的哥哥赢了回来；第三回他赢回公主自己这个人，于是他把她给哥哥做了老婆。

他们回到了红女郎和狼等着的棚屋。

"你们待在这里吧，"小伙子焦急地说，"我还要去找我的大哥。"

他出去再找，遇见同样的情形。他的大哥同样赌钱把自己输掉了，做了一个美丽的公主的奴隶。小伙子再和这个公主赌，最后赢得了公主，送给他的大哥做了老婆。

这两个公主对这样的婚姻并没有反对，因为这样一来至少一生都有人陪她们赌钱了。

他们全班人马集结出发回家，的确是一班。他们本来应该快快乐乐的生活，可是他们活得并不快活。

大哥和二哥窃窃私语。

"等我们回到家里，跟父亲说我们是小兄弟救出来的，我们还有面子吗？这样说是绝对不行的。"

"等我们回到家里，跟父亲说那只鸟是我们的小兄弟捉到的，我们还有面子吗？这样说也是绝对不行的。"

他们两个人最终决定要一起弄死小兄弟。

有一天，在他们都很口渴的时候，他们把小兄弟引到一口很深的井旁，但是他们却没有办法把水吊上来喝。

"我们用结实的葡萄藤编一根绳索，你下去吧！"大哥对小兄弟说，"你把我们的水壶都灌满，我们再拉你上来。"

"对，"第二个哥哥催得很紧，"你的体重最轻，你赶紧下去吧。"

小兄弟还是下去了。

他很快地落到井底，两个哥哥割断绳索，把剩余的绳索拉上来。"待在下面别上来好了，"他们说，"今天就是你的末日。"

狼听到这个消息后，不说一句话，转身在树林里跑得无影无踪了。

红女郎听到消息伤心地哭着，但是两个哥哥把她硬生生拖到马背上，和他们的老婆挤坐在一起。他们一同骑着马回家去了。

等到他们确实走远了些，狼立刻跑到水井旁边。

"你在里面吗？"狼冲井下面大声喊话。

"嗯。"回答的是一阵非常微弱的声音。

"我不是人，"狼低沉地说，"平常我很引以为豪。不过现在我倒愿意成为一个人，这样可以更好地去帮助你。我先把地面上的树枝都丢下去，让你可以有一个干燥的地方躺卧。"

接着，狼看看地面，琢磨着想要知道从这井口到什么地方能够掘出一条地道来。它远瞻看见大约在三里远的地方，有一个尖削的山崖向下，直通到河边。

狼跑到那里去挖一条地道，这条地道可以直通到井底。

它挖着，挖着，再挖着。它的爪磨得光滑了，它的脚趾刮坏了，流出血了，它的鼻子擦破皮了，又沾满了污泥，可是它仍旧挖着。

它想着，它的朋友一定很饿，它自己吃的生东西是不能给他吃的。每天晚上它沿着黑暗的地方爬到村子里去，衔一些面包或者水果跑回来，丢到井里面。

此时，两个哥哥已经很骄傲地回到家里了。当他们的父亲泪流满面地问起小儿子的时候，他们就说自从那次在三岔路口分开以后，就一直没有看到过小兄弟。

至于红女郎，两个哥哥不让她跑到父亲的屋子里去，怕她把事情真相说出来。最终大哥决定把她嫁给远村的一个友人。

不过，无论他们怎样威吓，她还是不答应。她果断穿上丧服，窗子上也挂起了黑色的窗帘。

狼回到树林子里后，仍旧不停地挖着地道——好像它是靠挖地道过活的似的。

终于，它挖的地道可以通到井里去了，可是小伙子已经饿得连动一动的力气都不存在了。

"抓住我身上的毛吧，"狼坚定地说，"我一定可以拉你出去。"

狼拖着他往阴暗的地道里走，可是有些地方实在太窄了，狼只好又跑出去，再回转身子，让头先进来，尽量把地道挖得宽一些。

后来小伙子终于到了外面，他简直长得不像一个人了，胡子长长的，衣服都被撕破了。他的身上到处都是伤口，骨头也脱露了出来。

狼一直拖着他到了河边。在那里他可以晒到温暖的太阳。狼还伸出舌头替他舔身体，仿佛把他当成一只有病的小狼一样。

渐渐地，小伙子的精神好起来了。

"让我们快回到家里去。"小伙子急切地说。

"不！"狼严厉地对他说，"你再听我一次话。如果有人看到你这个样子，他们一定会以为自己在做噩梦。你在这里静静地坐一会儿吧。我给你去拿一片美丽的大绿叶子来，你用小棒头的一端在上面写字给红女郎，并且告诉她给你送一套衣服。当然我不能用嘴巴叼字条，因为假使路上遇到恶狗，我还得用牙齿跟他们搏斗。你就把字条绑在我的脖子上，要是红女郎还活着，我一定可以找到她。"

小伙子照样做了，狼快速跑到村子里去了。"我到哪里去找红女郎呢？"狼自言自语。可是它又想："如果她还活着，她一定会为我们的朋友穿上丧服的。"

狼跑过繁扰的街头，一群狗看见了它，就在后面紧追不舍，还要撕咬它的腿，它只好沿着篱笆跳来跳去地跑，一直跑到一间挂着黑窗帘的屋子。它心想："她可能就在这个屋子里吧？"它一下子就从小窗口跳到房间里去了。

红女郎看到狼跑来了，她立刻伸出臂膀拢住它毛茸茸的脖子，亲吻它。

"你一定给我带来了好消息，"她兴奋地看着狼说，"我看到你闪闪发光的金色眼睛就可以猜出来。"

"嗯，"狼把最近发生的那些事情告诉她，"现在快些拿衣服给我吧，我可以把他打扮很神气地带到城里去。"

"最好快一些，"她急促地说，"留给我的时间真的不多了。"

她把一包衣服绑在狼的腰里后，狼飞快地往树林子里跑。一群恶狗依然追赶它，这一次连村子里的人也追赶它，于是它抄了一条小路，穿过那些只有狼才知道的树林子，以此来躲避他们，终于跑到小兄弟的跟前。

"快些换衣服吧，"狼焦急地说，"因为你的大哥今晚要逼着红女郎跟他的朋友结婚了。"

小伙子听了这些话，穿衣服的速度比我能够讲得出的还要快得多。黄昏之前，他们已经跑到城里去了。这时候，结婚仪式刚刚开始举行。

"快来站在门后面，"狼说，"让我先进去打探一下。"他很勇敢地大步走到桌子的上位，蹲坐了下来。"各位晚上好。请允许我说一两句话。"

"快赶它出去！"客人们大喊道。

"杀掉这只野兽。"两个哥哥突然大叫起来。

他们的父亲当然也被请来参加婚礼。他说："等一等，我要听。因为我平生以来还是第一次听到狼会讲话。我相信它讲的话一定非常重要。"

就这样，狼把发生过的事情一五一十地讲了出来。他讲完之后高举起杯子，"现在我要为真理干一杯，"他严肃地说，"因为在这个世界上你可以杀死一只动物，你可以杀死一个人，你可以轻易地砍掉一棵树，你也可以轻易地拔掉一株花。但是，你却不能轻易地杀死真理。"

这时，小伙子激动地走进房间里。他的父亲跳过桌子的阻碍，亲吻他。他同样也吻了这只狼。

"现在我要让我亲爱的小儿子跟这位红女郎女士结婚。"他对客人们兴奋地说。然后又对狼说，"敬爱的狼啊，你快告诉我，我应该怎样来惩罚我的这两个儿子呢，要不要就这样杀掉他们？"

"不，"狼严肃而认真地说，"让他们活着好了。叫他们自己多思考，这就是他们应得的最厉害的惩罚了。"

"我该怎样报答你呢？"父亲怀着感恩的心问狼道，"宝石，银子，金子，绸缎，天鹅绒，香料，织出的地毯，鸭，鹅，火鸡，……你为我的小儿子做了这么好事，你到底要什么？你尽管说。"

"我什么都不想要，"狼坚定地说，"我做的事情是不要求回报的，因为我做这些事全都是为了朋友。"

如果我也参加了那次婚礼，那么狼的这一番话，比听到歌声、喝到名酒、吃到大鱼大肉都要惬意得多。

熊、狐狸和牛油罐

一只骄傲的狐狸出去瞎逛，走过路边上一座荒凉的花园里的空屋子。

它看到这间花园里的空屋子，就满怀希望地对自己说："说不定这里面会剩着一些乳酪屑，或者一些卤肉。"

它顺着小路走了过去，用鼻子撞开门，大步跨进去。令它惊奇的是，有一只熊正坐在厨房里面的坐椅上。

狐狸很有礼貌地弯腰鞠了个躬。"祝你成功，熊，"它说，"能不能让我来问你一句话，你怎么会走到这里来的？"

"我的理由和你一样，"熊回答道，"我来看看能不能找到一些可以吃的东西。"

狐狸在桌子的对面坐了下来。它们就眼前的事情谈了谈。最后它们愿意一起住在这间屋子里，把它当作一个家。

熊说："谁先来后到都无所谓，我们不要争抢。我们谁也没有为这所屋子做过什么事情，我们必须尽全力去保护它。让我们可以安心地长住下去。"

有那么一天，在熊去打扫堆货间的时候，从一个木架子下面发现了一个大瓦罐，里面装满了熬过的牛油。

它非常的高兴，焦虑地等着狐狸回来一起分享这个好消息。它把这个消息告诉狐狸之后，就接着说："可是要记住，我们一定要等到复活节到了的时候才可以一尝美味。"

狐狸听了熊说的这话不说好，也不说不好，它只是流着潺潺的口水。

就在那天晚上，它们一起坐在桌子旁边，吃了一些硬面包和一堆绿水果当晚饭。突然间狐狸竖起了耳朵，"我好像听到有人在叫我。"它疑惑地说。

熊立刻放下手中的工作，侧着头也留神地听，"我没有听到什么声音。"它坚定地说。

狐狸立即跑到了门口，跳上了屋顶，"唔?"它的叫声挺响，"是啊!什么? 我马上去!"

它从屋顶跳下来，立马回到屋子里。它对熊说："我有一个朋友，它的孩子今天晚上取名字，邀我去做教父。你不要等我了，我大约十一点钟到家。"

它抖了抖全身的狐狸毛，用舌头舔了舔脚爪，把自己弄得尽量干净些，然后飞快地跑出去了。

它在路上跑了没有多久，蹿到一簇黑莓树下面躺着，一直等到屋里的灯熄灭了这才回去。它回到家里，蹑脚蹑手地溜进堆货间，找到了那个盛满牛油的罐子。

它伸出红红的长舌头舔着，舔着，又舔着，吃得很饱，肚皮绷得像面鼓一样，这才停了嘴。然后爬到楼梯上去睡觉。

到了第二天，熊向狐狸打听昨晚约会的详细情形。它问："你的朋友给孩子取了个什么名字?"

"托普塞。"狐狸随意说。

"托普塞? 我从来没有听到过这样的名字。"

第二天晚上吃过晚饭后，又发生了同样的事情。狐狸听到有人好像在叫它，就又跑到屋顶上去了。

"又是为了取名字，"它跑进来骄傲地说，"当然，它们是请我去呢。你要知道，这样受人爱戴是一件多么可怕的事情。有时候我真希望一般人不要这样爱我。"

那天晚上它在睡觉之前，把牛油吃掉了半罐多。

"昨晚这个孩子叫什么名字呢？"第二天熊又问。

"叫密特兰娜。"狐狸又随意说。

"为什么给孩子取个这样的名字？"

"这是一个家族名。"

到了第三天晚上，狐狸又出外去给孩子取名字。这一回孩子的名字叫安达。以后就再也没有谁来请它取名了。

复活节的这天早晨，熊起得很早，打扫了整间屋子，这里那里都还插了一些花，把房间布置得很漂亮。

熊很兴奋地搓了搓脚掌说："现在我要去拿出我们的好菜，马上叫狐狸来一起吃。"

它迅速走到堆货间，掀开瓦罐上的盖子。

瓦罐竟然是空空的了。

"好吧，"他声嘶力竭地大叫着，"好吧，现在我终于知道为什么大家都说，千万不能相信狐狸的话。什么托普塞！什么密特兰娜！什么安达！全部都是谎话。我怎么会这么笨呢？"

它路过厨房，走上楼梯走到狐狸的房间里去。狐狸听到熊的脚步，就立刻跳出窗子，逃走了。

熊慢吞吞地在后面追赶。路过一棵树又一棵树，一块石头再一块石头，它终于快要追到了。

狐狸看到这情形，在它拐第二次弯的时候，立马跑到了个牧羊人的跟前。这个人全身裹着皮斗篷，正在那看羊。

"请你让我躲避一下吧，"狐狸哀求道，"一只熊马上追过来要杀我。"

"为什么会这样?"牧羊人疑惑地问。

"说不出是什么理由。也许它只是看我是一只没人帮助的小狐狸，而它却是一只又凶又大的熊。"

"照这样看来，那么你躲在我的斗篷里面好了。"

牧羊人有一只口袋缚在腰带上，袋里装着他的午餐，有火腿啊，乳酪啊，还有一大块黑面包。按理来说狐狸应该深刻意识到自己有罪，并且下定决心改造一番，将来过受人尊重的生活，可是就在这个时候，它在袋上咬了一个洞，吃掉了牧羊人的午餐，连一粒面包屑都不剩了。

就在这个时候，熊追过来了。它急忙地问："有一只狡猾地狐狸经过这里您看到它了吗?"

牧羊人虽然不愿意说谎话，但是他还是用弯拐杖指了指前面的树林子。

熊急匆匆地向前走。

狐狸知道危险已经度过了，于是它从躲着的地方溜了出来，却不向牧羊人说一声"谢谢"，就快速跑走了。

熊急匆匆地走进树林子，它没有注意到脚下的路，等它真正发觉时，双脚早已经被一根树桠枝紧紧地绑住了。它用脑袋撞，用后腿蹬，用臂膀撑，都没法挣脱。

就在这个时候狐狸走了过来，看到熊这个样子，笑得它最后排的牙齿都露出来了。

"没有一个人能够抓得住我们这种优秀的狐狸，"它骄傲地说着，用后腿蹬地转着圈子跳舞，并且抖晃着毛茸茸的尾巴，"真的，没有一个人可以! 因为我们是全世界上最最聪明的动物了。"

它走上前咬了咬熊的鼻子，拉了拉熊的尾巴，然后春风得意地走开了。

熊用力撞着，扭动着，弄得全身都疼。最后它听到路上有人走过的声音，就大声叫他过来。

"拜托你砍掉这棵树，让我出来好不好？"

熊的运气真的很好，这个人恰巧是个樵夫，他用斧头在树上砍了几下，把熊放了。

"谢谢你，好心人一定会有好报。"熊感激地说着，顺着狐狸走的路，追了上去。

熊在山边抓到了那只狐狸。原来狐狸正躺在那里悠闲自得地晒着太阳，山下面人家的烟囱替它挡风。

当它看到熊的时候，就冲着烟囱大叫："快来救救我！救救我！一只坏熊要杀了我！"

从下面的屋子里跑出来一个人，手里攥了一根棒子，要赶走那只熊。

"快救救我。我是一只可怜的没人帮助的狐狸啊！"

没想到的是，这个人听到了这句话，他反而不去打熊，而是用力地狠打了狐狸一下，还追了好长一段路。原来他就是那个牧羊人。

所以，无论你在什么时候吃了不该独自享用的东西，切记，你狡猾胜过别人一次是很容易，但第二次就很难成功了。

金吐和国王

从前有个国王，他自认为上帝把世界上所有的智慧都装在他的那个独特的脑瓜里了。

他听人家说，有一个名叫金吐的穷人，独眼，是街上贩卖水果的小贩，但却也是个聪明人。

国王听到有这么个聪明人，就激动地说："立马把他带来，让我看看。"

金吐穿了一身破衣服，手捧着一个水果盘，走到国王面前来。

国王瞅着他，然后竖起一根指头来。

金吐竖起两根指头。

国王想了一想，竖起三根。

金吐立刻举起整个拳头。

国王拿了身旁碟子上的一个橘子，转交给金吐。

金吐在衣袋里乱摸一会，摸出一片硬的陈面包皮来，转交给国王。

王宫里的官员们看到国王突然站了起来，都很惊讶。国王大声嚷道："这个人赢了。他应该得到奖励。"

奖品接二连三地送过来，金吐拿到了很多很多奖品。他端起水果盘，就回家去了。

到后来，国王向王宫里的官员们说："那个胜过我的人真是太聪明了。我即使提出最难的问题来，也难不倒他。你们都看到了吧，我竖出一根指头来给他瞧，那是在说有一个上帝。他回答两个，那就是在说圣子和圣父。

"我又竖起三根指头回答他的时候，就是说圣子、圣灵和圣父。他的回答是一个拳头，那就是合并为一个，算是三为一体。

"接着我再也想不出来了，就变换了个花样，给他了一个橘子，这其实是说地球是圆的。可是他仍然想得到，马上拿出面包皮给我来看。你们试着想想看，一个人活着没有面包吃怎么能行呢？"

整个王宫里的人都开始称赞金吐的聪明，把他看成与那些具有学问的人一样的了不起。

在此时，金吐回到家中，把他所有的朋友都叫来了，来观赏他得来的这些奖品。客人们瞧着桌子上那么多东西，都寻问他怎么会有这样的好运气。

"我想，国王给我许多奖品，一定是发疯了。因为我到他的王宫里去，他就一个劲儿瞧着我，然后讥笑我的缺点。他伸出一个手指头来，意思是说，你只有一只眼睛。我就伸出两个手指头，这就是在说，我有两只眼睛。

"可是他仍然不放弃，又竖起三根指头。这就是说，不，我们两个人却只有三只眼睛。

"我当然要生气了，就举起拳头来吓唬他。他真的害怕了，马上送给我一个橘子来讲交情。我没有什么东西可还礼，但我还是不情愿拿了他的橘子，接着我从衣袋里摸出一片硬面包皮来给他。他很高兴地收下了还礼，还给了我桌子上这么多礼物。"

他家里的朋友们，都开始讥笑国王的愚笨，简直笨得像个大傻瓜一样。

最会开玩笑的人

一天，有一个人走出树林子回到家中，逮了三只相同颜色和相同条纹的兔子。

他的媳妇看见了，就埋怨他："凡诺，凡诺，你逮这些兔子来干什么?"

"用它们挣钱呀。"她的丈夫坚定地回答她。

她对着他大笑了足足有五分钟，才走出去腌葡萄叶子去了。

凡诺把一只兔子放在面包炉子后面的笼子里，又把第二只兔子放在地板上让它到处乱跑，把第三只兔子塞在衣袋里。他自己穿上这件衣服就出去了。

"媳妇，"他在门口很小心地叫着，"你杀几只肥嫩的鸡，做一顿丰盛的晚饭，等我回来的时候要是我问起你这是怎么一回事，你就回答说：'嗨，那当然啰，兔子告诉我的'。"

凡诺快步跑到一个朋友家里，那里有好几个朋友正在抽烟、闲聊。他上去打招呼说：

"先生们，这么好的天气为什么不到外边散散步呢?!"

"对呀，我们为什么不出去散散步呢?"

凡诺领着那几个朋友走到田野上来，他神秘兮兮地告诉他的朋友们：

"先生们，今天我在树林里遇到一只十分奇怪的兔子，那兔子不知道从哪儿来的，竟会给我带信，传递我的消息。"

"你看!"他立刻从衣袋里掏出第三只兔子。那兔子乖乖地不作一声。

"今晚我请你们到我家吃晚餐，这只兔子就能捎信去告诉我的媳妇。"说完，他和兔子说了几句话，就把它放走了。

"凡诺，你不要开玩笑了，那兔子怎么能捎信呢?"

"你这一放不就是把兔子放跑了吗?"

他的朋友一边走一边问他。

"一定会捎到的，"凡诺表现出很不高兴的神色说，"我实在不想和你们这帮不懂事的人纠缠。你们如果不相信，那么请你们到我家里去看看就好了。"

于是大家一起去了，一路上都嘲笑他。

"亲爱的，你准备好吃的东西没有?"他眉飞色舞地问老婆。

"准备好了，兔子来告诉我的，"她很一本正经地回答着，"我还烧鸡了呢。"

"大家请坐吧，"他把他的几个目瞪口呆的朋友请上座，"让我们痛快地吃饱。"

客人们就动手大吃了起来。他抬起桌布，第二只兔子现在正在地板上吃一片莴苣叶子。

"谢谢你，长耳朵，"他高兴地说，"今晚你使我们过得十分愉快。"

现在不用再说什么了，其中一个人一定要买这只传说中的小动物，可是凡诺一定假装不肯卖给他。

"要我和这只兔子分开吗？办不到！如果没有它，谁还会把我的消息捎来告诉我的媳妇？谁还会给我捎信？不！不！办不到的。请你不要再问了。"

他们硬是要买，恳求他，用甜言蜜语来哄他。到了最后，凡诺很不情愿地流着眼泪，收下了五十块钱。这笔生意也就做成了。

买的人很相信兔子的本事，他马上走到邻村，他和他的表兄弟赌两块田的谷子，赌这只新买的兔子能够捎信给他的老婆。但是这只兔子放走的时候，当然不是那种有本事的兔子，也许它会尽快地跑到树林子里去，仍然住在那里，还会告诉它的子子孙孙们，说是所有的人都是笨蛋。

兔子新主人的媳妇，听到丈夫回家来问她有没有烧好了鸡，说是约给十二个客人吃的，她十分生气。

"我现在只有一盘萝卜，一片硬面包，"她说，"真的，在我烤面包的时候，真的来了十二个客人！"她再也不回答什么话了。

这个人知道上当了，他就叫上所有的亲戚朋友，要去打死那个欺骗他的人。但是他们还没来得及赶到，凡诺已经出来迎接他们了。

"真是对不起，"他说着，"不过你要了解动物是什么样的东西。这兔子习惯上我这儿来，所以，你一放它出去，它就立刻跑回来了，"他抱出第一只兔子，就是一直关在外面笼子里的那一只，"你要记住，先要费几天时间让它熟悉了家才好啊。"

当然，那个生气的人认为这就是他那只逃走的兔子。

"我太着急了，凡诺，我来认错，"那个人说，"你的话说得很有道理，所以我要再把这只兔子带回家去，几天时间，说不定它可以熟悉我们的。"

"这是个不错的办法，"凡诺说，"我要向你和你的亲戚赎罪，都是因为我不好，给你们添麻烦了。这样吧，今天晚上到我家里来用晚饭，我要弹奏我的那把魔术琴给你们听。"

如今，凡诺和他的媳妇又要要另外一套把戏了。他把一个灌满了猪血的气泡绑在老婆的腰里。晚上他们吃了饭之后，他调了一下魔术琴的琴弦，开始弹起来了。他的媳妇就跟着跳舞，真好看。突然间，他拔出一把短刀，向他的老婆刺去。他的老婆躺在了地上，看着像是死了一样，血流得很多。

客人们都蹦起来骂他："你为什么要杀死你的媳妇?"他们大声怒吼着，"多么悲惨啊! 多么可恨啊!。

"各位先生，不要担心，"凡诺淡定回答道，"我的魔术琴可以叫她活过来。"他嗒啷嗒啷地弹奏着，三分钟之内他的媳妇慢慢地活过来了，又很美妙地跳起舞来，瞅瞅这边，瞅瞅那边。

这一次客人们为了买这只琴，几乎要打起来了，可是凡诺听都不情愿听。他们每人讲出一个价钱来，他回答说："这把可以叫死人活过来的琴，难道七八十块钱或者九十块钱就可以买得到吗? 你们说的价钱，简直是跟我开玩笑，请你们不要再说了吧。我绝不肯卖掉这把琴的。"他总是不答应，后来还做出十分为难的样子，赚了那个上回买兔子的人一百块钱。

新主人拿了魔术琴匆忙地赶回家去，他想要马上试一试，想知道这把琴到底好不好，并且证明他会不会受第二次骗。他很快的抽出短刀，冲他的媳妇的身边刺去。然后他开始弹琴，可是不管他弹得多么美好，她再也不会活起过来了。唉！可悲的女人，去世了。

他叫上所有的堂兄弟表兄弟，他们一起跑到凡诺的家里去。这次他们再也不听凡诺的话了。他们抓住他，用绳子绑起来，装进麻袋里："淹死他，不用多说什么。"他们都这么说。

他们一路上举着这个麻袋走，凡诺在麻袋里不停地叫喊着："我真的不要！我宁愿不要！"

到湖里去的路很远，抬他的人觉得累了，肚子也饿了。他们就在一个小旅馆里停下来了，想缓一缓力气。装着凡诺的麻袋却留在了外面。

一个牧羊人听到了凡诺的声音，觉得十分奇怪，就跑过来小声问他：

"发生什么事？你不要什么呀？"

"我真的不要，"凡诺肯定地说，"就是这样。我不要就是不要。"

"可是你到底不要的是什么？"牧羊人疑惑地问。

"哎呀，让我做国王，他们这么办是没有用处的，因为我一定会逃走的。你当然不会知道，做国王有多无聊啊，吃饭要用调羹从盘子里舀起来才能吃的，天天要吃的是烤肉跟鲜菜烧栗子。我就是不要。"

"好吧，"牧羊人思量着说，"我想想，这倒是很好。我看了一辈子的羊，不瞒你说，我倒真想有一个和你一样的机会。假使我放了你，让你出来，我把我的羊全都给你，让我钻到麻袋里，你说这样好不好？"

"如果你真是笨，想要当国王，让老百姓一天到晚的向你鞠躬，那么我也没有什么话要说了。"凡诺说。

接着他们就这样交换了。牧羊人钻到麻袋里，凡诺叫唤着狗，将一支牧羊的弯拐杖搭在肩膀上，赶着一群羊走了。

在小旅馆里的人，吃过晚饭都跑了出来，再抬起麻袋一直走到湖边。他们坐船划到湖中央，把麻袋连同牧羊人一同丢到湖里。那里的水足有二十尺深。然后再划回来，"让他知道这个的厉害！"他们这样说着，就往城里走，一路上大家都很开心。

试着想想看，当他们看到一个人走在一群羊的后面，冲这条路走来，但是那个人竟然就是他们刚才抬去淹死的那个人时，他们是多么的惊讶啊。

"真心谢谢你们，"当他看到他们的时候这么说，"真的，让我买点礼物送给你们，你们对我做的事情实在太好了——就送一皮囊的好酒吧。我真不知道该怎样来回报你们才好。在那里还有很多其它东西让我拣，结果我就拣了这一群羊。"

"你说什么，你可以从那里拣到东西吗？你是从哪里拣来了这一群羊？我们把你丢到湖里时间还不到十分钟呢。"

"是啊，"凡诺微笑着回答着，"我在湖底找到了一个很不错的农场。你们可以从那里得到母牛啊，山羊啊，鸡啊，水牛啊——你们要什么就会有什么。我还看见骆驼了呢。你们瞅瞅我的羊，多好啊？这全都是因为你们的帮忙才得来的！"

这些人以前因为兔子受过骗，后来又因为一只琴受过骗，但是到了这一次呢，他们又想，这个家伙讲的肯定是真话了。因为他们还亲手把他丢到湖里的，现在看到的明明也是他，并且身上干燥得和面粉一样，那一百只羊足以证明他的话是实话。

"让我们也去看看，"他们商量着，"因为我们和他相比起来，我们应该得到那些牛羊。"

凡诺对他们说："我愿意帮你们划船，划到最安全的地方然后跳进去。我实在觉得应该好好地感谢你们。"

他们竟然同意了。他就把他们划到湖中央。他们站在船边上一个接一个地跳下去，有的沉下去了，有的在游泳，谁也不去管他们。

凡诺一路上吹着口哨走回了城里。他当真是一个最会开玩笑的人。

三只勇敢的狗

很久很久以前有那么一个人，他不幸得很，老婆去世了，留给他的只有一个出世刚刚三天的孩子。

他的儿子渐渐地长大起来，差不多长得和大人一般高了。他的父亲想，这个孩子应该有个母亲来照顾他，为他做衣服，为他做玉米面包。之后父亲又结婚了。可是情势只变得更坏。后母不但不给小孩做衣服，不为小孩子做热的玉米面包，她甚至还要打他、骂他。

小孩子一直含着眼泪忍受着。直到有一天，他带着三只狗逃跑了。这三只狗是他从小养大的，一只黑狗叫巴莎，一只灰色狗叫考基达那，还有一只黄褐色的看羊狗叫阿莎。

他们四个一起儿走了一条很长的路，这条路通到一座高高的紫色的山上，往下走又走到深深的绿油油的山谷里。到了后来，有那么一天，他们在路上碰见了牧羊人。

"你好，"孩子很有礼貌地走上前去打招呼，"祝福你对付敌人永远胜利。你或许可以给我们一点工作做做。我和我的狗，给你看羊好吗？"

那个人很需要别人帮助，所以他就雇佣了他们。

三年就这样过去了，这个孩子已经快到十四岁了，他替别人做工做得有点劳累了。于是当牧羊人第二次来看他的时候，孩子就对他说：

"请你给我算工钱吧，我快要走了。"

"我没有钱啊，"牧羊人无奈地说，"不过工作做得十分好，我一定想办法给你工钱，这样好吧，我送给你一百只羊，还有两粒硬壳果。你最好一直揣着这两颗果子，这是两颗魔术果子，如果你碰到危险，只要把这两颗魔术果子扔在地上就行。"

"这是一笔非常好的工钱。"孩子高兴地回答着。他们握了握手，交易就这样成功了。

孩子和他的狗带领着这一百头羊，到山对面去。他碰到好运气，那几年是养羊最好的时光。到了夏天，草地上长满了绿油油、厚厚的的草，小溪里流淌着清得可爱的水，从来没有停止流动过；到了冬天，天气晴朗干燥，这样的冷天可以使羊毛长得更丰厚。还有更幸运的就是那里没有狼。所以，没过多长时间，这个孩子的羊就多了起来。现在不光有一百只，已经有一千只羊了。

他养了那么多羊，本来是需要别人帮忙，不过他有三个好帮手，那当然就是巴莎、阿莎和考基达那。

日子已经过了很久很久，这个孩子从来没有忘记过他的父亲，他觉得现在是时候该回去看看他了。他在羊群中挑选了几只最肥大的羊，带着三匹马，一匹背乳酪，一匹背牛油，还有一匹背白面包，于是动身了。

"巴莎，阿莎，还有你，考基达那，你们看守其余的羊，一直要看守到我回为止。"他对自己亲爱的狗说，"一定要好好地看住啊，我早上就会赶回来的。"

狗汪汪地大叫着，算是答应主人了。

他走到了家里，看到屋子死气沉沉的。天井里没有东西长出来，烟囱里边也没有冒烟，大门也没有很端正地开着欢迎他。他径直地走了进去。

他的后母坐在桌子的旁边，面前放着一个空碟子。

"好啊，"她看到他径直走来了，于是就说，"现在我要吃点新鲜的东西了。我吃掉你父亲已经有好些日子了。"她的嘴唇喷喷地响着。

孩子看到这种情况，就知道她一定是一个妖怪，是个下流的巫婆。

"我还有马在外面呢，"他故作镇定说着，要她注意，"马背上放满了好多好吃的东西。"

她跑了出去，快速吃掉了马背上放着的东西和一匹马。她拿出一块手巾擦了擦嘴巴，然后恶狠狠地说："你来得刚好。"

"我非常高兴你能够这样，"孩子很有礼貌地回答，"请您原谅我，我还得马上出去一趟，把其余的两匹马牵到草地上去。"

于是他快速跑出门，跳上马背，骑着马飞快地奔驰逃走了。

几分钟就这样过去了，他还没有回来。他的后母赶紧跑出去，看见他已经逃走了，她发现了另外的一匹马，就骑上去追他。

"他始终是逃不掉的，不管他有多么聪明，那都没用。"她嘟囔着。

孩子骑着马逃跑的时候，不时地向周围看，后来他看到后母从后面追来了，骑的马比他的马跑得快得多。于是他就想起他的衣袋里有两粒魔术果子。他把其中一粒丢在地上，接着又丢了第二粒。地上很快长出两棵棕榈树来，他跳下马去，爬到其中最高的那一棵棕榈树上去。

"你快滚下来，"他的后母停下马怒吼说，"我一定要吃掉你。躲着有什么用，迟早我都会抓住你的。"

"你休想！"他大声怒吼着。

"非常好，"她一边说着，一边从嘴巴里拿出一颗牙齿来，变成了一把斧头，"我一定会砍掉这一棵树的。"

孩子想了想，自己连最后的希望都没有了。但就在这个时候他想起了他的狗，他深吸一口气，大声喊道：

"考基达那，阿莎，巴莎！现在我非常需要你们来。"

三只狗现在正在很远很远的山上看着羊，听到主人在叫它们，立刻跑了过去。它们在岩石上跑的时候刮破脚爪，过河的时候浸湿了狗毛，往高处爬的时候心"扑噔"地跳着，它们三只狗跑得一般快。

老巫婆还在砍树。树快要倒下来的时候，孩子马上攀住第二棵树的树枝，快速爬了上去。

"好吧，"她又说，"你要我多费些时间，好，我现在累了，一会儿再吃你，味道只会更加好。"她又动手砍这棵树了。

他又一次大声喊道："考基达那，巴莎，阿莎！快点来呀，要不你们主人就没有了！"

三只狗正在奔跑，又听到主人的声音，它们将耳朵贴住了脑袋，嘴巴迎风张开，疯了似地奔跑。第二棵树马上要被砍倒下来的时候，它们终于喘着气赶到了。

"考基达那，阿莎，巴莎，快点吃掉这个妖怪，整个儿吃掉她。"

三只狗于是开始吃她。等到都吃光了，孩子才敢从树上下来。

地上还留着一根小骨头。这个害人的老巫婆的尸体，剩下来的也就只有这个罢了。

"你也把我带走吧，"小骨头说，"你也把我带走吧。"

孩子不去理会它，可是骨头来回跳上跳下地跳个不停，"你快把我带走吧。带我走，带我走。"骨头拼命喊着。

孩子的心肠还是太软了，最后他就把骨头拾了起来，塞到自己的衣服里面。可是这根骨头还是要害人的，在一分钟之内，他觉得有点疼痛。骨头在他的臂膀下面咬开了一个小洞。他把它从衣服里拿出来，用火烧化它。

"她终究是死了。"他说。

巴莎，阿莎，还有考基达那，高兴地叫着、跳着。

专玩手段的人

从前有一个国王，他和别的国王一样，坚信自己一定是世界上最会耍手段的人。

白天，王宫里的人都站在他旁边，只要他说任一句话大家就鼓掌，他觉得自己的本领的确很大。可是到了晚上睡不着觉，他开始担心起来。

"说不定还有人玩手段玩得比我好，一定会有的，准会有的吧？"他总是自己这样瞎想。

到了后来他再也忍耐不住了，就把大臣们叫到一起。

"快去，"他命令着他们，"快去找寻国度里最会耍手段的人，快把他带到这里来。我要和他比比本领。如果他输了，他就得做我一辈子的奴才。"

大臣们马上出去找，他们在路上碰见了许多聪明人。那些聪明人都不愿意和国王比本事，因为输了还要当他做一辈子奴才，谁都不愿意。

大臣们感到十分失望。

到了有一天晚上，他们经过一个土地十分肥沃的山谷，周围全都是密密的树林子。他们走进山谷，到了一个贫穷村庄的街道上。其实，这个村庄并不贫穷，它不过是一个十分懒惰的村庄，或者可以说是一个愚笨的村庄罢了。村庄贫穷的原因，是由于山谷和山谷以外的树林子都让国王独自拥有了。国王每年可以征收到很多很多的地租钱。村庄里的人辛辛苦苦地种地，自己留下来的却只是一些弯曲而又折断了的树枝和一些粗糙的面粉。

这个村庄虽然这么穷，他们却了解怎样装成有钱人。他们准备了最好的晚饭请大臣们吃，吃完饭还要一起做游戏，开了个篝火晚会大家讲故事。

快到了深夜的时候，大臣们发现有一个名叫夏克鲁的人，讲他自己的冒险事情、背诗、猜谜语，比谁讲得都要好。

"让我们想想看，如果他愿意跟我们走，和国王去比本领，倒是十分好的。"大臣们轻声轻气地商量着。

他们问夏克鲁，他还是不答应。可是经过反复的劝导，他说："我可以和你们去，不过我就是这个样子去，不戴帽子，也不穿好的衣服。"

如此一来，大臣们将他带到国王面前。

"快坐下来，"国王命令说，"你认为你是最会要手段的人吗？"

"我是靠要手段过活的。"夏克鲁不慌不忙地回答道。

"那么你和我玩玩看。"国王命令他，"不过我一定要警告你，"他接着说，"你赢不了我，因为我也非常能要手段呢。"

"我当然知道。"夏克鲁说，"以前如果知道就好了，我也有个准备，你快看，我来得多么匆忙，连帽子和衣服都来不及更换，好工具更不用说了。"

"什么好工具？"

"就是我用那些好工具去捉弄人的。"

"那么去把工具拿来吧。"

"那真不是十分容易的事。我得有车子才可以。"

"车子？"国王纳闷地说，"你需要多少辆车子？"

"大约需要一百辆车子，然后用一百匹马去拉。"

"那么到我的马房里去牵，不过一定要马上回来的。"

"一定。"夏克鲁说，"要是碰运气，每样东西都运来只需要五六个月。"

"需要五六个月？"

"如果我一定要捉弄你，我需要把我的好工具一起带来才行。"

"好吧，那么你尽快回来就好了。"

"我顺便还要说明一下，"夏克鲁有了车子，准备动身的时候，又说，"如果我不能赢你，我知道我就得做你一辈子的奴才，可是碰巧万一我赢了，那么怎么说呢？"

"你一定不会赢的。"国王坚定地告诉他。

"我知道我可能不会赢，可是如果我赢了呢？"

"好吧，那么你想要什么？"

"我要的东西，如果你给了我，对你还是没有任何损失的。"

"我十分赞成。"国王骄傲地说。

夏克鲁非常快地到了家里，把村庄里的人都叫来了，给他们每人一辆车子和一匹马。大家肩碰肩地和谐工作着，他们春天播下种子，收割的粮食快要足够他们吃十年的了。

"我们一定要有许多谷子了，"夏克鲁看到最后一担谷子倒进谷仓里，他就说，"现在你们去把盛酒的空皮囊拿来，都给我。"

空皮囊都放在一起儿了，夏克鲁把它们拿来，一个一个地吹满了空气，堆在车子上，驱赶着车子回到了王宫里去。

国王在大厅里等他已经非常着急，大厅里坐满了有地位的穿着贵重衣服的人。

"快让我们开始吧。"国王不耐烦地说。

"我还要去卸下我的好工具呢。"夏克鲁淡定地告诉他。

"我可以派仆人去卸的。"国王命令说。

他们等着的工具的时候，国王的一只黑狗突然跑到大厅里来，看到有个陌生人在那里，就跑过来闻闻夏克鲁的腿，想要认识认识。

　　夏克鲁俯下身去，轻轻地往狗耳朵里吹了一下，狗自然要转过头来，舔了舔夏克鲁的耳朵。

　　"这真是一个十分可怕的消息，"夏克鲁从座位上马上跳了起来，"可怕啊！我的外套呢？我的帽子呢？请你快借给我一匹跑得最快的马。我最亲爱的妻子，昨天我离开的时候她还是好好的，非常快活的，现在怎么快要去世了。"

　　"你是怎么知道的？"国王心中纳闷大声地说。

　　"你是怎么知道的？"王宫里的人一齐说。

　　"是你的狗。你看到的，就是刚刚轻轻的冲着我的耳朵说的。"

　　国王立刻派人到马房里牵出一匹阿拉伯纯种的黑马，夏克鲁马上骑着它回家去了。

　　他在家里快活地卖掉这匹马，卖了个好价钱，又买了一头黑驴子。

　　然后他在驴子身上安好马鞍和缰绳，赶回到城里去。

　　国王在天井里等，看到夏克鲁慢悠悠地走回来了，他大喊说："我的宝马呢？"

　　"马？"夏克鲁说，"马！喔，亲爱的国王，你真会和我开玩笑，我不过是个穷人，可是我绝没有想到你会和我开这样的玩笑。你借一匹马让我回家去看生病的妻子，却哪知道这匹马它自己高兴，就变成了一头驴子。"

　　"那绝不会的。"国王说，"那匹马我已经亲自养了五年了。"

　　"怎么不会！"夏克鲁坚定地回答道，"我站在这里仍然是原来的我，我骑着来的也是原来的黑色生物。不过它变成一头驴子了。"

　　国王瞧了瞧马鞍，又瞧了瞧马缰绳。他伸出手摸摸驴子的腰部："好吧，那么都是我的不对，因为我骑的时候从来不曾发生过这样的事情。我们不要再谈这件事了。你到底打算什么时候和我比本领？"

"现在咱们就来比吧。"夏克鲁客气地说，"您请坐下来。你回答我一个问题。你说你自己是一个最会耍手段的人，那么你用过什么好工具吗？"

"没有用过。"

"那么你怎么相信我会用好工具呢？因此我已经捉弄了你一次。你养黑狗养了那么多年，他和你说过话没有？"

"没有过。"

"那么你怎么会相信他会和我讲话呢？我捉弄你两次。你养黑马养了那么多年，他变成一次驴子没有？"

"没有变过。"

"那么为什么它会变了呢？我已经捉弄你三次了。现在你快拿奖励给我，我马上要走了。"

国王想要挽回他原先的耍手段的名声，还有最后一次机会，所以他说："你总还记得吧，你说过的，我奖励你的东西对于我决不会有任何损失的。你一定要拣我不用的东西，要不然，我就会蒙受损失。现在你打算怎样做？"

"我要你的脑袋。"夏克鲁恐吓着回答。

国王听到这句话，吓了一大跳，脸色苍白。夏克鲁看到了十分可怜他。夏克鲁说："稍等一下，我决定拿别的奖励。再三思量之下，你的确用了你的脑袋。它让你的帽子不致于放在肩膀上。那么你就把你的树林子周围和树林子的田地都送给我，来替代你的脑袋吧！我可以把田地和树林子都送给村庄里的老百姓，好让他们自己吃、自己种。"

"当然可以了。"国王立刻说。他立即叫大臣们在契约上盖了章，交给了夏克鲁，"如今我不想挽留你，我知道你现在急着要回家的。"

夏克鲁回到他的村庄里，他十分荣耀地在那里住到老。

至于那个国王，他再也用不着担心自己是不是世界上最会耍手段的人了，所以我想他会睡得非常好的。但也说不定由于他是一个国王，他又有了一件新的心事，依然使他晚上睡不着。

声音之王

很久很久以前有那么一个人，在一条河的旁边开了一个面粉厂。在靠近面粉厂的地方，他还有个小花园，不是很大的花园。一般在大花园里能长出瓜来，还有黑紫的挺好的桑椹，要是到了春天，你就能看到第一个骄傲的生出来的蕃茄，要是到了秋天，可以看到最后一个勇敢的留下来的茄子。而在这个小花园里，却只有几列萝卜，一小块地上的豌豆，还有花园角落里的一棵葡萄藤。

一天早上，面粉厂老板走出去瞧瞧，发现他的葡萄有几串被吃掉了。他十分生气，然后他对自己说："我要抓住那个偷葡萄的贼人。"

到了那天晚上，他躲在阴暗的角落等着、等着、等着……等到月亮都出来了，他听到有人蹑着脚尖轻轻地从小路上走过来了。

这是一只红里带金的大狐狸。这只狐狸走到葡萄藤面前，摘下了一串葡萄，除去桔梗放进嘴巴里。面粉厂老板马上跳过去，攥住了它的耳朵。

"贼，"面粉厂老板生气地大声喊着，"你这个坏贼！现在我就要杀掉你。"

狐狸把剩余的葡萄放进嘴巴里嚼着，吞咽了下去。"怎么啦？"它说，"如果你杀了我，你可以从我的身上得到什么呢？什么好处都没有。还是让我们做朋友，非常要好地谈谈吧。我必须想出一个办法来替我赎罪。现在我已经摘下了这串葡萄，让我来吃完它。"

狐狸边吃着，边细心地思考着。葡萄吃完了，它擦了擦嘴巴，翘了翘胡子说："我现在有一个念头，说来也许是空洞的，那么让我们来试试看。我要让你做国王。从现在起，你就是一个国王了，什么国王呢——喔，让我再仔细想想看——就说是世界上支配各种声音的国王吧。这个名字非常好。我还要介绍你和公主结婚。快来吧！"

面粉厂老板戴上他最好的帽子后，他们就出发走了。他们走着走着，最终到了一个陌生的国度里。于是他们走到一座小山旁，停下来休息，从这座小山上可以望见远处一座城市里红色的屋顶和金色的塔，还有附近有一条小河在流淌。

"让我快速跑到前面去，"狐狸兴奋地说，"等我走了，你就下山，跳进河里，把全身都弄湿后，然后再出来，在河边等着我。"

狐狸没等回答，就跑到城里去了，毫不客气地横冲直撞到国王的王宫中。

"祝福你，"它骄傲地说着，摇了下尾巴，"我没有时间多说废话。我的主人，也就是各种声音的国王，他现在还在路上，他希望和你的女儿结婚。"

"但是，"国王强烈反对着，"我真的不知道这个人。"

"我急匆匆地来通知你，是要你的女儿和他结婚。"

"可是真的我不知道他——"

"要么，我不能担保将要发生什么事。我的主人已经支配了世界上所有的声音。如树木倒下来的声音，雷声，地皮裂开的声音，岩石爆开的声音。你肯听他的话就好，要是不听从他的话，那么你的国度里就到处都要弄得很悲伤的，充满着呻吟和哭泣的声音，尖叫和哀鸣的声音，还有——"

"好啦，不要再说了，"国王说，"那么你带他到这里来吧。"

"我马上就去，"狐狸着急回答，"但是我们过河的时候碰到了倒霉的事情，我差点忘记告诉你。说来真的很可怕，我们漂亮的白马竟然跑掉了，我们带来的珍珠宝贝也统统弄丢了。说到我的主人，那就是声音之王，他差点就被淹死。请您给我一套漂亮的衣服，他现在等着要穿；还要一辆漂亮的马车，最好有一队漂亮的黑马拉的。他虽然平常不用那些东西，但也比没有总好些吧。"

国王把这些东西都一应俱全的给了它。狐狸回去后找到了面粉厂老板（这会儿面粉厂老板浑身湿嗒嗒的站在河边，实在是太疲倦了），于是他们就坐了马车，很神气地走到城里来了。

大家于是都来看这个穿了很漂亮衣服的国王的新客人，到处张灯结彩地来庆祝这件事。到了后来结婚的那一天，他和公主结婚了。过了有一些日子，他们就要赶快回到自己的家里去了。

公主的最亲近的亲戚和四五十个朋友被作为仪仗队，陪他们回去，他们终于动身了。现在面粉厂老板又开始担心起来，一点笑容也没有了。

"你到底怎么啦？"狐狸纳闷地问，"不要这个样子，高兴点儿嘛。和你的老婆谈谈事情不论什么——谈谈道路，谈谈风景，谈谈天气。"

"从我的老婆家里来的这些客人，他们是看习惯了城堡的，我们拿什么来招待他们呢？我怎么能够让他们住面粉厂里面呢？"

"快让我来想想办法，"狐狸思虑着轻轻地说。然后它大声地对大家说，"请你们原谅我的主人，他还是在非常想念着那几匹丢失的白马，因为这几匹马是我主人从小养到大的。"

狐狸又开始想办法了。最终它有了主意。它急匆匆地赶上了领头的那一辆马车。

"你们从现在开始慢慢地赶路吧，"它对前面的马车夫说，"赶快了，车子容易不稳。我还需要到前面去看看，路到底平还是不平，好让你们非常安全地一路赶去。"

　　狐狸说完这句话，就一直向前跑，一口气就跑到恶魔九兄弟的住宅里。我不知道狐狸是用什么方法知道他们会住在这里的。说不定它也常常去他们的花园里去偷葡萄来吃。

　　继续听我讲下去。狐狸路过九兄弟的家门口时，突然装出很慌张的样子趴在上路，使灰尘都飞扬了起来。

　　九兄弟看到这样的它，喊道："嘿，狐狸，你有什么事？你的后面的确没有人在追你啊。"

　　"请你们不要打扰我，"狐狸悲伤地哀求着，"请你们不要打扰我。声音之王要在这条路上马上走来了。凡是他走过的路，活着的生物是没有办法走动的。啊！啊！快让我离开吧。如果我是你们，我就会马上躲起来的。但你们千万不要躲在屋子里。当然，如果你们躲在屋子里，他要找你是非常容易的。"

　　"那么我们应该躲在哪里呢？"九兄弟一齐问，"到底躲在哪里好呢？"

　　"就躲在你们的大草垛下面吧，"狐狸告诉他们，"谁也不会想到你们会藏在那儿的。你们快点爬进去，我只需花两三秒钟就可以把你们藏起来。你们一听到'格拉格拉'像玉米烤熟后爆裂后的声音——你们千万可别瞧，那一定就是声音之王来了。你们要把身子缩成一团。"

　　接着九兄弟就躲藏到那里去了，狐狸放火烧掉了草垛，烧的非常干净。

　　九兄弟住的房子，是一座很漂亮的城堡。墙壁都是拿琥珀、电气石和猫眼石的硬砖堆砌而成的，因此月光和太阳光照耀下来，让房间里的颜色显得非常好看。

　　房间里的家具也和平常的不太一样。由于造这个城堡的人是个大自然的爱护者，他在地板上面铺了一块用天鹅绒织出的地毯，又有弹性、又软，颜色是翠绿的，甚至对于一只真正的青蛙也会说这是真的青苔；外面的墙壁上悬挂着一种春天的闪闪发光的树叶子，那里这里的还悬挂着鲜艳的花朵；在天花板上——那是最好看的版面——有单独一大片的天空，上面嵌着能真正发光的星星。

"太好了，"狐狸到处看了以后，对自己说，"这样才像个大城堡。"它打扫了一些破碎的东西，把东西都放好，然后它马上又想到一件该做的事情。

"对，"它肯定地对自己说，"我最好能够这样做。对啊。"它攀上去，在天花板上摘下了一颗星星，放进它的衣袋里。

就在这个时候，他听到新娘、新郎他们一大群人沿着这条路来了，于是它欢快地跑了出去，伸出它的右脚，又摇了摇尾巴，深深地鞠了个躬说："主人，欢迎你回家。"

全班人马很快地都走进屋子里。他们看到这座非常漂亮的大房子，都十分高兴。但是还有一个问题——面粉厂老板常常张开嘴巴呆呆地望着天花板，比谁都要难看。后来客人们都看出来一些事情了。

"是啊，"狐狸大声地喊说，"大家瞅瞅我的主人，他是多么有神地望着这天花板啊，有谁能够比得上他吗？他丢失了一颗玫瑰星，那颗星本来一直在左边那个角上发光的。那好吧，我还是会重新把它放上去的，你们快看着。"

它从口袋里摸出那颗星星来，往上一抛，它就——只有星星才能这样——贴在了老地方。

"主人，现在您满意了吗？"它又低声地说，"这是你的房子了，你要假装很熟悉的样子才对。"

公主的朋友们都认为公主结婚很好。她的丈夫不但很有钱，而且对于家里的东西也很上心。他们大概热闹了三天以后，就回到家把这个好消息告诉国王去了。

狐狸，还有面粉厂老板和老婆，很快活地在一起生活。过了很久，在一天吃晚饭的时候，狐狸说："你们知道吗，如果我要死了，我希望你们帮我做一件事。"

"必须的，"男人和老婆痛快地答应，"你要我们为你做什么？"

"把我葬在鸡棚门的下面就好。"

"好的。"两个人都愉快地答应了。

第二天，狐狸就倒在地上去世了。

公主看到狐狸去世了，心里觉得十分难过，因为狐狸是她的好朋友，并且和狐狸生活在一起是十分快活的。她哭着说："让我们按照它说的话来为它做些事情吧。"

但是面粉厂老板只是笑笑，他拿起狐狸尾巴，拉过天井，丢在臭气熏天的垃圾堆里。

狐狸生气地跳了起来（因为它根本就没有死，只是想试一试面粉厂老板和他老婆的心），它用锋利的门牙恶狠狠地咬了面粉厂老板一口。它生气地说："你这个不可靠的、无用的、不知好歹的、卑鄙的家伙，啊，我帮了你有什么好处！我让你当声音之王，我介绍你和公主结婚，我送给你一座非常漂亮的房子。而我却得到你什么呢？"

面粉厂老板急忙道歉，抱歉地说"对不起"，并且答应以后一定会好好的待它。

我想他应该会那样做的，因为当我听到这个故事的时候，他们很快乐地在一起过着生活已经有许多年了。我猜猜，说不定他们现在还是十分快乐地活着。

懒惰人的故事

从前有个人很懒惰。春天到了，他的媳妇对他说："亲爱的，这是犁头，这里是小麦种子，还有这里是安好犁头的牛。你快去种我们的田吧。"

他的媳妇每天对他说好话，请求他，最后他才去种麦子。

然后这个人觉得十分疲倦，整个夏天又都不做事了。

等麦子到了收割的时候，他的媳妇对他说："亲爱的，这里是磨刀石，这里是镰刀。你去割麦吧。"

第一天他有事出去办事了；第二天又生病了；第三天看了看天气好像要下雨；第四天又有客人来；终于到了第五天，他才到田里去。

他看到麦子长得那么密，那么多，就非常不高兴地坐在一棵树荫下。

几分钟之后他的媳妇来了。

"亲爱的，"她说，"你先去割掉田角上的麦子吧，等你割完的时候，我会给你送早饭来。吃了早饭你再割一些麦子，就可以又吃午饭了。一点一点地割去，你肯定割得完。"

她走回家去，给他煮了奶油马铃薯汤，然后送给他吃。

她的丈夫站在田边上，正在诅咒麦子。"你们到底为什么要长得那么好？让我割得很麻烦。"

"亲爱的，"他的媳妇说，"喝点汤，你就会觉得想要割麦了。"

她终于劝得动他到田里工作去了，于是自己回家去。

但是她从窗子里望出来，看到丈夫仍然站着，像一块石头一样，手里攥着镰刀一动也不动地站着。

她关住炉子里的火，又关上大门，回娘家去了。

"把哥哥的马借一匹给我，"她气愤地说，"还有他的那套黑衣服。"

她把黑衣裳穿在身上，脸上戴了个鬼脸壳，骑上那匹马，到她丈夫在的田里去。

"我的名字叫懒惰的对头，我是恶魔，"她尖声大叫着，很快地冲到丈夫的跟前，"打死你，打死你，我要打死你。"她用马鞭打他，"现在我马上要到旁边的村庄里去杀一个懒人，因为他不肯割麦子。等到我回来的时候如果看到你还没有割完麦子，我也要杀掉你。"

她又打了他一下，骑着马快速跑回娘家去了。她把哥的衣服放进箱子里，把马又牵进马房里。

然后她回家了，做了青豆烧蛋的好菜送给丈夫去吃，烧好以后，她就挎着一个篮子，送午饭到田里去了。

"亲爱的，这是你的午饭，快来吃。"她说。

"现在我还不能休息，"他说着，一边很快地挥舞着镰刀，只听到瑟瑟割麦子的声响，"我真的不能再浪费时间了。你把饭一口一口地塞进我的嘴里，好让我继续割麦子吧。"

他一整天就这样地割麦子，直到吃晚饭的时候已经把全部麦子割完了，准备打麦子了。

他回到家里，坐了下来，两只手把着脑袋。"帮我去买一口棺材。"他沮丧地说。

"为什么？"她疑惑地问。

"因为我马上就要去逝了。"

"亲爱的，"她心疼地说，"现在你是不是觉得很疲倦，不过到了明天你就会觉得精神非常好的。"

不，他不想要听这些话。他想要去死，谁也没办法阻挡他。

他派人买了一口上好的棺材。把他的朋友都找来了；牧师做着祷告；抬棺材的人满脸上悬挂着眼泪，送他到教堂里去，在神坛前面躺了整整一夜，准备第二天就去埋葬。

他的媳妇等到送丧的人都睡着了的时候，就走到教堂门口大声喊道："老尸首新尸首统统站起来！现在你们要去工作了。今晚老尸首搬一百块砖到天堂里面去，新尸首搬一千块砖去天堂，马上。"

她的丈夫听到那些话，马上从棺材架上跳了起来，撞倒了蜡烛，一溜烟儿跑回家去。

从此以后，他成了全村里最勤奋的一个男子了。他对别人说："如果我非做工作不可，难道活着割麦子比死了搬砖头还要恐怖吗？"

他的媳妇说："亲爱的，你一直是十分对的。"

骗子受骗

在一个村庄里，有一个自以为是最聪明的人。他装了一袋子破裂的胡桃壳，只是在上面铺着几颗比较好的胡桃，就拿到其他地方去骗人。

你会相信吗，这个世界上的任何事情，往往在另外一个地方也在同样发生着。所以非常巧，在对面一个村庄里也来了那么一个人，他的袋子里同样装满了破烂的洋葱皮，只在上面放了几个比较好的洋葱。

两个人在半路上于是碰到了。他们打招呼之后，一个对另一个说：

"你这是要上哪儿去，你带的是什么东西？"

"满满的一袋绝好胡桃。"这人回答道，"那么你呢？"

"我有很好的洋葱。"

啊，两个人都是这样想：我碰到一个再合适不过的人了。

他们讲好价钱，就互相交换了袋子。两人转身沿原路走回去，心里十分快乐。走到半路，两人不约而同地想要看看袋子里到底是什么东西。

"啊，他简直是个盗贼！"那个人看见满袋全都是洋葱皮，大声惊叫起来。

"强盗！骗子！"那个拿到胡桃壳的人也大声喊了起来。

他们迅速地跑回来，相互喊着。他们碰到一起的时候，打架打得非常凶，一直打到谁也爬不起来了才松手。

"我们到底为什么要这样做呢？"后来其中有一个说，"我们应该是自家人骗了自家人，这太不好了。还是让我们一起联合起来，去骗其他人吧。"

"好得妙。"他的对手也同意了。

他俩决定去一个陌生的城市里去骗人，假装成给人家做工的，他俩就这样做了，而且很快就找到了一个顾主。

"你们的工作非常简单，"主人告诉他们，"我现在有一间屋子要打扫干净，一头牛要看住。这两样工作你们自己去挑吧。"

那个原来带胡桃壳的人第一天牵了一头牛到树林子里去。可是他不知道这头牛是非常会闹的，牛一会儿到那边，一会儿又到这边。它一会儿又跳着穿过密密的树林子，一会儿躲在树背后，再过一会儿又跌进湿地里。让看牛的人想要把头上的毡帽戴正都没有时间，想要坐下来吃玉米面包也都不成。那天晚上回去他觉得非常疲倦，走路都走不动了。他心里打着主意，明天绝对不想出去，要留在家里看守这间屋子。

一天就这么过去了，那个待在家里做事的人也非常不高兴。他打扫了屋子，弄掉了所有的灰尘，沿着一座斜斜的山坡走了下去，走近山下一间屋子上面的那个烟囱顶上。他觉得这个地方比哪里的地方都好，于是就把畚箕里的垃圾倒在了那个烟囱里面。

屋子里面的人家此时正在结婚办酒宴，把客人们漂亮的衣服都弄脏了，一锅切碎的羊肉也被糟塌掉了。大家都一齐跑出去，一点儿情面不留地打他。等到他们饶了他的时候，他站都站不稳了，却还是能转念头。

"明天我宁愿牵着牛到草地上去，这样就可以整天都不做事。让我的朋友到这里来试试吧。"就这样他打好了主意。

晚上他们碰在了一起的时候，两个人相互慰问着："喂，做得怎么样？"

"太棒了，"第一个说，"那头牛简直就是个天使。它整天都不走动。我相信，我一定是睡了三个多钟头的觉。明天我要带着我的长颈琴，然后再带着一把椅子去，可以在那坐着弹琴。而你做的工作呢？"

"啊，"另外的一个人说，"我绝不愿意离开那个地方。今天我在打扫的时候，把垃圾倒在那边的那个烟囱里，屋子里的那些人都跑出来了，还让我喝了半加仑的好酒。"

他们并不非常费时地说出道理来，并且交换了工作。

看牛的那个人，早上非常快活地出去了，并且听了他的朋友的话，带上了一个琴和一把椅子。可是牛却整天地在草地上乱跑，弄得树桠枝总是勾住了椅子。他觉得拿着琴很不方便，但却不肯把这个讨厌的负担卸下来，更没法带在身边。那天他是最倒霉。

等到天黑后，他带着一把破椅子和一个弄坏的琴回来了，他非常生气，因为他知道自己上了一个非常大的当。

另外一个人在这天忙着打扫屋子，然后又在外面扫了一两堆垃圾，把他们放在一起。他把垃圾倒进隔壁人家的烟囱里，就这样眼巴巴地等着，用手擦擦嘴巴等着酒喝。一分钟之后，那帮客人就跑出来了。

"昨天我们打你打得还不够，"他们大声说着，追上来狠狠地打他，直到打得没劲儿了才放手。

"啊，这个害人精，"他爬回去的时候这样想，"他竟然这样的骗我。"

那天晚上，他俩见面的时候，就打起架来了。打了一阵立刻就明白了。

"我们不要再我骗你、你骗我了，"他俩都这样说，"这样对我们没有一点儿好处。"

"我们不能再留在这里了。"其中一个说。

"我有一个方法，"另外一个说，"今天晚上我们偷了主人的牛再逃走。你等在山旁边，等我杀了牛，我发出暗号的时候，你就把绳索从烟囱里丢下来给我，我会把牛缚上的。等你拉到了牛之后，再立即放绳索下来拉我。"

他俩就这么一言为定了。

晚上，当人们都熟睡之后，等在外边的人丢下绳索，很快，他就听到声音了："拉啊，快用力拉啊。"

他拉着，非常用力拉着，终于拉到上面。

"你呢，"他冲着烟囱告诉他的朋友，"你就待在那里好了，等到早上主人见到你的时候，他会好好地对待你的。"

他拉起死牛放在自己的背上，背走了。牛是非常重非常重的，他背得腰骨都快要被压断了。当走到村庄的尽头时，几只狗跑出来汪汪地乱叫，还咬他背上的死牛。他想跑得尽量快些，可是他又想，这是一头非常重的牛，谁也不容易背。

"再把我背得高一些，一只狗快要咬到我了。"背后传来一个声音。

他把"牛"丢在地上了，看到他的朋友裹着牛皮躺在地上。

"你这个大骗子，"他咒骂着，"让我一路上背着你跑。"

"我知道，"冒充死牛的那人说，"如果我让你带牛，你肯定会这样做的，因此我把牛皮裹在自己的身上藏着。你看，我聪明不聪明?"

他们打得比之前更凶了。

"这真是你不好。"

"那是你不好。"

"贼！"

"骗子！"

"强盗！"

"土匪！"

他们的声音把村里的人都吵醒了。他们的主人也听到了声音跑了出来。"啊！原来是你们俩。"主人说着，把两个人全都抓住，一分钟之内就送到了法院里去。

无论你有多么精明，世界上总是还有比你更精明的人。

偷老鼠的金子

很久很久以前有一个人，总是挣不到钱。眼看别人挣钱挣非常多，最后变成富翁，他想尽办法去挣，却越弄越贫穷了。

后来，他的日子变得更不好过，以致于他的哥哥不再让他住在家里，非得要他搬出去。

他在一块手帕里包了他仅有的一点钱，并且带着媳妇走了。他们回到媳妇的娘家，住了两三天。

然后这个贫穷人说："再这样住下去是非常不对的。我和你结了婚，我们应该有一个属于自己的家。你就待在这里，我要出去想想办法。如果我回来得晚了一点，你也用不着担心我。在一年之内，我会回来接你的。"

　　他来到了这个地方，又来到了那个地方，但无论他走到哪里，也总是没有办法。

　　有一天晚上，他来到了一个荒凉的面粉厂门前。屋顶的一角已经塌下来了，磨石和水车轮子上长满了青苔，破破烂烂地躺在荒草丛生的池子里。

　　穷人走了进去。他向四周瞅了一圈，最终也没有找到一处可以躺下来休息的地方。房梁上滴下水来，墙壁是发黏的，地板是潮湿的。最后他发现一个空的食料箱，于是他就爬进去，盖上了盖子，接着打算睡觉。

　　他睡了没有多久，就听到一只狐狸、一只熊，还有一只狼走进来了，准备住下来在这里过夜，并且聊起天来。

　　"今天我真倒霉，"熊说，"我去拜访一个蜜蜂巢，一只蜜蜂刺伤了我的鼻子，如此不客气！后来我又找到几颗黑莓，酸得我的嘴巴都快掉了。你们两位有什么见闻吗？"

　　"唉，还不是老样子，"狐狸回答道，"我碰到一只美丽的黑母鸡，她的羽毛黑得在太阳光下变成青色了。可是当我和她打招呼的时候，她就变得十分害怕，和别的鸡一样的乱飞乱跳，我再也不去看她了，我要走我自己的路。狼，你有些什么可说的没有？"

　　"没有，"狼漫不经心地对它们说，"今天早上我追到一条狗。今天下午我和一个笨头笨脑的猎人穿过一个树林子，有很长的一段时间，我希望他会拿枪打死我自己，可是我并没有那种运气。当我回家来的时候，看到老鼠又多了一块金子。"

　　听到"金子"这个词，那个穷人掀起食料箱的盖子，露出指头大的一条缝，把耳朵靠近传出说话声的那边仔细地听。

　　"那是不是住在半山上槲树根子里的那只守财老鼠？"熊反问。

　　"一点儿也没错，"狼肯定地说，"当我走过的时候，它正在用沙擦那块金子，让它亮得跟其它块一样。"

"它喜欢看金子晒在太阳光里发光，"狐狸说，"它天天拿着一袋金子，倒出来放在太阳光下晒。到了傍晚快要下露水的时候，它再把金子装进袋里，拿回到家里去。"

"让它看着金子吧。"熊说，"我是想，最好能把金子都变成蜜。"

"或者变成乳酪。"狐狸提议说。

"或者变成鸡油。"狼也说了一句，说完舔舔嘴巴。

然后它们就睡觉了。

穷人整夜都没有睡着，一直琢磨着刚才听到的话。

到了第二天早上，三只动物出去了以后，他也爬起来，去找那棵槲树。

终于找到了。于是他躲在矮树林子里，看看究竟是怎么一回事。

太阳很快的从地平线升起来了，只见老鼠拿着袋子从洞里走出来，把金子一块一块地摆在地上。然后它摆摆胡子坐下来，看着金子发光。那个人轻手轻脚地折了一根树桠枝，用力敲了老鼠的脑袋一下，敲得老鼠当场就昏倒了，然后他就偷了所有的金子，逃跑了。

回家的时候，他穿着漂亮的衣服，带着很多的钱，又给老婆买了一件丝绸衣服，老婆看了非常高兴。在这以后他们生活得非常好。但是她常常想起在他们穷的时候，穷人的哥哥和嫂嫂对待他们那么凶。她想要出出这口气！然后她得到丈夫的同意，去会会他们。

他们到了那里之后，她很猴急地说出了她和丈夫现在是怎么怎么的有钱。

穷人的嫂嫂把她拉到旁边，请求她说出他们发财的秘密。她为了炫耀她的丈夫是如何的聪明，就根本不管是不是已经答应了丈夫不告诉别人这件事的承诺，就轻声细语地把整个故事都如实讲了出来。

　　他们走了以后，穷人的嫂子把这件事如实告诉了丈夫，而且要他也去碰碰运气，最终他同意了。

　　他找到了那个面粉厂，爬进食料箱里。过了不久他听到三只动物都回到这里来。

　　"有什么有趣的新闻吗？"狐狸问，"你们两位已经走了那么多的地方，那么告诉我一些有关于这个世界，和住在世界上的人的一些事情吧。"

　　"我是不跟人住在一起的，"狼回答，"只有饿了吃人的时候我才去跟他们在一起。"

　　"不要问了，"熊说，"你跑来跑去脚步很轻，你可以到处躲起来，也一定听到很多的新闻吧，说出来让我们一起听听。"

　　"今天我倒真是听到一个新闻，"狐狸说，"那个住在槲树下面的老鼠遭了抢劫。"

　　"不会的！"熊说，"除了我们之外，没有别人知道它有金子的。"

　　"它却真的是遭强盗抢了啊，一点儿也不会错的。"狐狸说。

　　"我们说到它并没有多长时间了。说不定是有人住在这个面粉厂里，然后听到了我们所讲的话，是吧？"

　　"那让我们来搜搜吧！"狐狸说。它把尖尖的嘴巴伸到每个角落里，跑来跑去地寻找着。

　　"让我们来搜搜吧！"狼说。它到处嗅着。

　　"让我们找到他吧！"熊喊道。它一会看看水沟里边，一会又摇摇麦箩，最后打开了食料箱的盖子。

　　"贼就在这里！"他喊道，"抢老鼠金子的肯定是他！"

　　它们赶过来，揪他、打他、抓他，打得他一路跌跌撞撞地爬起来，逃回家去了。

愚笨和聪明

有两兄弟住在一个小村庄里。哥哥的名字叫聪明，弟弟的名字叫愚笨。哥哥他已经有了老婆了。这个女人不太愿意跟愚笨这个小叔子住在一起，她总是对丈夫说，如果他能够想出一个办法来，她就会烧一锅美味的麦粥给他吃。

所以聪明对他的弟弟说："我想跟你分家，亲爱的弟弟。"

"好的。"愚笨又说。

"我倒是有一个办法，"聪明想出了主意，"我把家里的牛统统放出来，回到牛棚里去的牛是你的，而那些留在天井里的牛就都归我了。"

"好的。"愚笨说。

那是个晴朗的冬天的早晨，他们放牛出来。当然，健康的和强壮的牛都要留在暖和的天井里，去晒晒太阳。只有一头瘦瘦的病牛跑回到牛棚里去了。可怜的愚笨总算是分到了一头牛。他拿一根细绳索绕在牛角上，并牵着到远处去了。当他走过一块田地的旁边时，他看到一株野玫瑰，就把牛拴在了这株野玫瑰的梗子上。

"这里是我的牛，玫瑰花树啊，"他说，"现在我交给你了，你要耕的田都可以叫它去耕。我等到明年秋天再来。你收来的麦子，我们可以对半分。"

到了第二年收割麦子的时间，他回到原来拴牛的那个地方去，可是他只找到一对牛角和一个牛骷髅头躺在地上。

"你怎么能把我的牛弄成这个样子了？"他质问那株野玫瑰树。

野玫瑰树并不回答他。于是他再问。之后他拾起一根粗的大棒子，拼命地抽打着野玫瑰树，打得叶呀花呀的都掉落了，只有一根细梗子倒在地上。但是他的火气还是没有消，便又抓住这根细梗子，使劲拔了起来，发现树根下面却放着一瓦罐的金子。

于是他哭了起来。

"请上帝饶恕我吧。我没有理由地杀死了野玫瑰树。一定是它卖掉我的牛，并给我留下来这么多的钱。"

他把瓦罐夹在腋下，一路上用嘴咬着一块一块地金子，接着又纷纷吐到地上。因为他不知道金子是那么值钱。

当他走过哥哥的家门口，聪明看到他拿的那么多金子，便喊了起来："来吧，弟弟，让我们一起忘掉以前吧，我们的钱啊，牛啊的再合在一起用好了。"

愚笨说："好的。"于是他们就这样办了。

聪明的老婆说："既然现在我们有钱了，那么再把你的弟弟赶出去吧。这一次可不要失败了。"

聪明告诉他的弟弟："我们应该出去，找个工作做做。"

"好的。"愚笨说。

他们到了另外一个国度里去了，一起帮国王做事情。一个星期后，聪明跑到国王的跟前。

"国王，我可怜的弟弟是个呆子，"他说，"我一定要离开他，要不然对我会有许多的害处。请你把他送到不能回来的地方去吧。"

国王叫愚笨来，叫他到远地方的一个有着很大树林子的地方里去。

"一辆车子、带两头牛，还有一条粗绳子，去那边打点干柴回来吧，面包炉子要用。"

"好的。"愚笨说。

当他走进树林子里的时候，并没有把牛拴住，所以导致牛跑去吃草了，它还把绳子丢得远远的。一会儿他砍了几棵树，可是不久就觉得这样砍是相当费时的，于是他跑到那里又跑到这里去拔树，结果拔了很大很多的一堆。当他去找绳子和两头牛时，突然有两个大恶魔，带着它们脚跟上冒着火的龙一起朝他走来了。

"你在做些什么？"它们看到他的时候大声冲他喊着，"你知不知道这是我们已经守护有一千年的树林子了？到现在还没有一个人敢到这里来，甚至连一只鸟都不敢飞过。快说出来！你是谁？"

"好极了，"愚笨大声地说，"我的牛来的时候是那么的瘦，隔了没有多久，它们就已经那么胖了。它们居然还学会了说话。我的绳子也拖在它们的后面跟着动。这可真是一个奇妙有趣的世界。"

他抓住两个庞大的恶魔的耳朵，还把一辆车子挂在他们的后面，又拿龙来缚住木头，把龙的鼻子和尾巴打成一个结。然后他坐在上面，挥舞着鞭子赶这两头稀奇的牛往前走着，重重地一挥鞭，车子就到城里了。

可等愚笨解开了龙，放了恶魔，恶魔就吞下了眼前的每一个人。大家都害怕得大叫，跑到王宫里去躲藏起来。

"我求求你啦，"国王恳求着愚笨说，"只要你把这些妖怪全送回去，要什么我都会答应你的。"

"好的。"愚笨说着，同时拾起一棵树，把它们一起赶回树林子里去了。

"讲到你，"国王对聪明说，"你也并没有完全撒谎。你们之中有一个是呆子，那是肯定不会错的。不过我认为你的弟弟可不是呆子。现在请你们走吧，以后也不要再回来了。"

当两兄弟走了好久之后，始终找不到一个要他们做事的主人了。最后他们走到树林里的一间屋子门前，这个屋子里面住着九个恐怖的恶魔。他们一起去问有没有工作可做。九个恶魔看到他们，大家都说："这可真是很好的一顿晚饭啊。"

可是这九个恶魔还有一个母亲，养着几只山羊。它们商量了好一阵子后，都认为九个恶魔吃两个人是决对吃不饱的，还不如把他俩留下做工作，其中一个帮恶魔的母亲看屋子，另外一个可以去外面看羊。

第一天，愚笨带着羊出去了。到了中午，他拿出面包来吃他的午饭。他嚼出很响地吧嗒吧嗒的声音。他看到每只羊也在嚼，而且还眼巴巴地瞧着自己。

"不许你们这样！"他粗暴地吼着，因为他以为羊在嘲笑他，"今天早上你们吃草的时候，我可没有看你们的呀。你们为什么现在要来嘲笑我？你们一点都不懂得礼貌。"

可是羊还是瞧着他，并且嘴里还在咀嚼着。他拾起一根粗大的木棒，把一半的羊打死了。晚上赶了可怜的剩下来的几只羊回到恶魔的家里。聪明害怕得几乎要死。

"明天应该你来看守屋子了，我到外面去看羊。你起来的时候要先扫地，再给老太婆煮玉米粥作为早饭。"

愚笨做饭的本领可真是不大好的。第二天早晨，他拿了小小的圆石子当作玉米来煮粥。老太婆吃了石子粥以后，就被噎死了。

"这可太不好了，"愚笨说，"我肯定是弄错了什么，不过我做饭已经很尽力了。她到底是恶魔的母亲，弄死了她，应该不会有多大损害的吧。"

于是他跑到外边去，一直在那里敲胡桃吃。

当那天晚上聪明回来后听到了这个可怕的消息，就打愚笨的脑袋。

"你看看你都做了什么好事？你做了什么好事？快，让我们拿棉被一起把她盖起来！等九个恶魔回来后，就说她已经躺着休息了，千万不要去惊动她。之后等到它们都睡熟了，我们就赶快逃走吧。"

晚上，等九个恶魔呼噜呼噜的都熟睡了以后，兄弟俩就偷偷地从门口爬出来。愚笨扛着屋子里的一扇沉重的铁门，那是他走的时候从后门框上偷偷摘下来的。

"丢掉它吧，弟弟。"他的哥哥恳求他说。

"不要，"愚笨说，"我们睡觉的时候它就有用处了，这样我们可以睡得干燥些。"

他们一直走到了天亮，然后爬到一棵很大的槲树上面。愚笨把这扇门也带着爬到树顶，搁在两根树枝的中间马上睡觉了。大约到了十点钟，九个恶魔们追寻着他们两兄弟，跑到了这棵树下时，它们停了下来，在树下面烧了早饭。这时愚笨睡醒了，瞧着下面。

"让我们一起丢几颗槲树果子下去吧。"他说。

"别丢，千万别丢，"他的哥哥低声说着，"安静点，否则他们就会发现我们的，就要爬上来吃掉我们的啊！"

"就让我们丢些槲树果子下去吧。"愚笨一再坚持着说。

"求你安静点儿吧，你可以等它们走了再丢。我要你做到的就是这一点事儿。"他的哥哥恳求他说。

可是愚笨一点也不听他的话，对准恶魔的粥锅就丢进一把槲树果子。九个恶魔马上抬起头来看。

"马上下来！下来！"它们命令着他们。

"快去呀。"聪明说。

"不，你快先去。"愚笨说。

他俩吵闹着谁也不肯先爬下去。待他俩快要溜到树根时，一不小心聪明跌了下去，九个恶魔都跳过来打他。愚笨就在这个时候快速地溜到地面上，还大模大样地走到锅前，起劲地喝起美味的粥来。

聪明把一个恶魔一下推到了锅旁边。

"你不要跑过来，"愚笨喊道，"没看见我在吃粥啊。"

几分钟之内，另外一个恶魔因为追赶聪明，打翻了锅子。

"你们到底听到了没有？"愚笨含了满嘴的粥并说着，"你们如果再这样，我可要起来收拾你们了。"

这个时候，聪明已经被打得没有力气了，可是他使出最后的力气，把第三个恶魔也推到了他的弟弟面前，撞得最后一调羹的粥也被泼在了地上了。

愚笨马上站起来，抓住了这九个恶魔，叫它们脑袋挨着脑袋，再逐个丢开它们，把每个恶魔丢到了几乎一里远的地方。

"为什么你不早点来打呢？"他的哥哥问，"他们都快要把我打死了。"

"你没看见我忙着吃粥呀，"愚笨回答，"很好吃的。你也来吃一点儿吧。"

最后，他们回家去了。聪明被恶魔打得半死半活，现在他和老婆才明白，在今世或者下世，他们是决不能脱离"愚笨"了。

用象骨造的屋子

从前有一个老头儿，他有一个老婆和三个儿子。有一天，他生病了，于是他叫三个儿子站在他的面前。

他说："趁着我还没有死，我来给你们分家吧。我的两个大儿子可以分到我的田地。你呢，我亲爱的小儿子，我只能让你照顾你年迈的母亲了。"

说完这些，老头儿死了。两个大儿子都得到丰厚的家产，只有小儿子带着母亲离开了家。他们母子二人走了很远的路，同时吃了很多的苦，后来的一天，他们走到了一条小河边上。

当小儿子背着母亲过河的时候，他看到河底里有一些闪闪发光的石子。于是他让母亲坐在河的对岸，自己又回过去捡了几颗，并放进衣袋里。

他们继续往前走，最后走到了一个很远的国度里，还找到一间屋子。

当到黄昏的时候，在新屋子里他们点了灯，小伙子从衣袋里拿出当天捡到的石子来，石子发着光，很亮很亮，甚至闪耀的用不着再点灯了。

"我想这些石子一定是很值钱的。"母亲自言自语道。

有一天，当一个大臣从他们的门前走过时，他看到屋子里面发出特别稀奇的光是他之前从未见过的，觉得很有趣。第二天晚上，他又来行走了一趟，这一次使他更觉得奇怪，他特别想要知道这样发亮的光到底是来自什么。第三天白天，大臣走进了这间屋子里，使他奇怪的是这个小房间里没有一盏灯，甚至也没有一支蜡烛。

"难道变的是魔术吗？"他自言自语道，"那你们晚上点的是什么灯啊？"他大声地问。

"等到了晚上你再来时，就会明白了。"小伙子回答他。

到了晚上，大臣又来了。他看到了那些闪闪发光的石子，觉得十分的奇怪。

"你们把这些石子卖给我吧。"他恳求的说到，因为他想要把他们当作一件特殊的礼物送给国王。

刚开始小伙子并不答应。但是因为他实在是太穷，没过几天这些石子就落在那个大臣手里了。小伙子是个聪慧的人，所以他对他的母亲说："妈妈，我再到河里去捡一些石头来，你千万别太担心，天黑以前我肯定会赶回来的。"

他一直跑，到了小河里捡了满满一袋的石子。他这样地重复又捡了好多次，每次都卖掉了，因此他得到了很多的钱。不幸得是，他因此变得骄傲了，实在是太骄傲了。

"妈妈，"他说，"我要结婚，我认为只有国王的女儿才配得上做我的太太。"

"我亲爱的孩子，"他的母亲骂他道，"你说出这样的话真是可笑至极。你要知道，国王决不会肯把女儿嫁给你的。"

但他一心想要国王的女儿。母亲实在没有办法，只好到国王那里去了。国王听完她说的话，就说：

"明天再来吧，我会给你回复的。"

于是国王把大臣们都叫来了。

"我到底应该怎么做呢？你们告诉我吧！那个青年，他刚到这里的时候那么穷，不过卖掉了那些发光的石子，他现在有钱了，还变得那么骄傲，居然要向我的女儿求婚。他是谁？你们之中有谁知道他吗？他是个怎样的人呢？你们帮我想想办法。"

于是大臣们开会，最后他们有了决定。

"如果这个人很聪明，就让他替你造一座有九层高的王宫，而且要用象骨来建造。造得好的话，公主嫁给他；要是造不成功，他的脑袋可就要保不住了。"

第二天，母亲又到国王那里去，当她听完这话的时候吓了一跳，她忙去告诉给儿子听。小伙子的心里很担忧，在两天之内，晚上也失眠。

"我要到哪里去找来一只象呢？要找几千只，不是就更难了吗？"他烦恼地说着。

可是到了第三天，晚上他睡熟了，他做了一个奇怪的梦，而且他看见了他的父亲。

"儿子，不要担心，"他的父亲说，"只要你照着我的话去做就好了。

你用九辆装满了盐块的马车，再加另外九辆装满了火酒的马车，把这些马车赶到一个之前砍过树木的地方，你在树林的中央就可以找到这个地方，你把盐一堆一堆的分开放在那里，然后再跑到九里路远的地方，找到一个池子，把火酒全部倒在池子里边。因为象是喜欢吃盐的，它们吃了盐，马上就会着急要喝水。等它们在那个装满火酒的池子里喝饱了水，就会统统醉倒的，这样你就可以十分容易地把它们杀掉了。"

等孩子睡醒后，听话的照着他父亲的话去做了。在九天之内，他就造好了王宫，用许多张象皮绷紧了铺起来的是屋顶。

他对自己说："现在我终于要结婚了，总不会再有什么困难了吧。"他一路上一边唱歌，一边回到城里去。

王宫里的所有人，看到小伙子居然在几天之内就造好了这座艰难的王宫，觉得很是奇怪。他们一起商量着，最后国王把小伙子叫到他面前来。

"我要你再替我做一件事。有三堆谷草堆在天井里，每堆都是全国一年的收成。你给我找两头牛来，"他命令着，"假如这两头牛在一夜之间吃完了这些谷草那么公主才能跟你结婚，不然的话——"

"哎哟，这一次我是真的要完蛋了，"小伙子哭了起来，"我再也想不出方法和公主结婚了啊。"

他回到家里后，又失眠了，等到了第三天，他迷迷糊糊地睡了一觉，这次他又看到了他的父亲。

"孩子，你待会从家里出去，"他说，"然后你一直向太阳落山的地方走过去，等到碰见了你之前没有见过的稀奇的东西，就停下脚步。"

小伙子再次听从了他父亲的话，他整整走了三十九天，最后当走过一个长满了青草的牧场时，有一头瘦瘦的干瘪的牛被拴在那里，小伙子心里想，我可从来没有看到过比这个更要稀奇的东西了，但是几分钟之后，他又看到了更为稀奇的东西，原来是当他走过一块荒凉的和干燥的田地时，那里一株草也没有长，却偏偏有一头又大又胖的牛在田里来回走动。

这些稀奇的事情还没有完呢。不久他看到一个陌生的男人和一个陌生的女人想要睡在一张宽大的牛皮上。

"让开些，让开些，"一个喊道，"你挤到我了。"

"让开些让开些，"另外一个喊道，"你推到我了。"

其实，他们两个人睡着的地方还是很宽敞的呀。

小伙子很是惊奇地瞧着。没想到，刚见到这件奇怪的事，他又看见另一对夫妻躺在一个斧头柄上正在休息。

"你过来一点，"老婆说，"我这里还有很多地方空着呢，亲爱的。"

"谢谢你，亲爱的"丈夫回答，"我已经躺得很舒服了。我相信，我们还可以请另外十多个人睡在这里的。"接着他们很安静地熟睡了。

难道还有比这件事更稀奇的事了吗？小伙子心里想。

后来他看到在屋子外面的一个炉子边，有一个女人在那里烘烤面包。小伙子看了她一下，可是那个女人并没有注意这个小伙子。就在这时稀奇的事情出现了，他看到这个女人把一些白面粉团放进炉子里，可是拿出来的却是变了颜色的黑面包。他再往前走，大约走了有一里路那么远，看到另外有个女人也在做面包，这次她看到小伙子，马上喊道：

"好孩子，祝福你。你走得太疲倦了吧，你来这休息一会儿吧，我可以给你吃一些刚出炉的新鲜面包。"

小伙子答应了。他饿得很，说老实话。于是她从一个白白的大面包上切下了一大块，可是她在调粉板上调的面粉团都是黑色的呀。她是那么的客气，所以他决定要问问这是怎么回事。

这个女人很愿意告诉给他听。

"在青草地里的你看到的那头瘦瘦的牛，是懒惰的，它逃避了它应该有的责任；而那头胖胖的牛做的工作却远超了它该做的那一份，所以它们各自都得到了各自应得到的报酬。你问了那个男人和他的老婆了吗？他们虽然睡一张牛皮上但还觉得地方不够，说明他们过去吵架吵习惯了。更是还有一对夫妻，在一个斧头柄上睡得非常安稳，说明他们一向是非常相爱的。"

她的话说完了。

"那么说到面包呢？"小伙子非常性急地问。

她笑了笑说："我猜想，她大概是非常小气的，所以用白的面粉团做出了黑色面包。"

"对的，对的，"小伙子说，并且吻了她，"现在让我接着讲下去，谁的度量最大，她用黑面粉做出了味道非常好的白面包。还是很好吃的，谢谢你。你告诉了我很多的事情，说不定你也会知道我应该怎样去找所说的那两头牛。"

"你到田里问我的丈夫去好了。"

他走着，看到一个男人正在耕田。"你好！"他冲那个男子喊着。

"好孩子，你好，"这个男人冲着他回答，"我能帮你做点什么事情吗？"

"我在找两头牛，要让它们在一夜之间吃完三年以来国王存积下来的谷草。我恐怕不容易找到。"

这个男人微笑了一下。

"你会找到的，你想要用什么做交换？"

"随便什么东西都可以。"小伙子很爽快回答他。

"你要的两头牛，我倒是有，"这个耕田的男人告诉他，"可是用钱来买我不同意。你带去吧，不过你要记得我的话，它们做完工作以后，就立刻还给我，因为我要靠我的牛生活。"

小伙子非常感激地牵着牛走了。

他出来找牛的时候走了很多很多路，所以回去的路也很远，有一天傍晚他终于到了国王的天井里。他把两头牛放在谷草堆旁边，急急忙忙地回到家里去看母亲了。一个大臣从窗子里看出来，看到两头瘦瘦的牛呆头呆脑地站在草堆边。他哈哈大笑起来，并且还叫佣人们都来看。

"这个小伙子还真是一个傻瓜。"他们都这么说。

大臣于是私底下跟他的朋友说："我们用不着再想办法了，因为这两头牛决不可能吃掉那么多谷草的，小伙子的脑袋一定保不住的。"说完，他就吃晚饭去了。

大约到晚上九点钟，天已经渐渐黑下来，两头牛挺挺腰，绕着草堆走了一圈，发现了走到海里去的路，然后它们站在草垛后面，昂起头颈，鼻子里吹出风来，吹着，吹着，没有过多久，三堆谷草就都吹到海里去，淹没在波浪下面，不见了。早上有很多人跑来想要看看小伙子到底有没有失败，但是他们仔细一看，连一根草的痕迹都没有了。天井里像被扫过一样的干净，两头饿牛正在吃着矮草屋上的茅草。国王叫大臣们过来。

"你们出的主意真是糟透了，"他说，"去吧，你们全都是笨东西。你们快去告诉那个小伙子，把这两头牛从我的天井里赶出去，要不然，我的头上就快要没有屋顶了。"

小伙子穿了结婚的礼服跑来，说是要把两头牛送回去，但是他又碰到了不愉快的事情。

"请等一下，"大臣说，"你不要以为得到公主是十分容易的。我们又要给你一件事情做，如果成功，我们就让你顺顺利利地结婚。去吧，带一朵有生命的玫瑰回来就可以了。"

小伙子很担心，他害怕这一次不会成功了。于是，他急匆匆地要出去找，可是他真不知道该怎么做。这时，他想起了答应老人家的话，老人家是那么客气地把牛借给他。现在他出去先要还掉这两头牛再说。他还了老人家的牛，另外又送给老人家四对很出色的牛成个队。老人家高兴极了。

"像你这么好的人，我很少看到。我即使老了，但我知道应该是要报答你的。"

他们在河边坐下来，嚼着硬面包。

"我在想，如今你可以赶回去结婚了吧。"

小伙子摇了摇头。

"不，"他说，"他们现在让我去找有生命的玫瑰回来。我不知道应该到哪里去找才好。"

"那是十分困难的，"老头儿告诉他，"找到的人非常很少。不过我愿意帮助你，只是因为你是既勇敢又善良的人，但是做起来是非常危险的。"他的样子看起来很发愁，然后又说下去，"我知道你决定要去，所以我要尽我所有的力量去帮助你。这里有两颗胡桃，一颗发暗，一颗发亮。把发暗的一颗放在地上，你要非常听话地跟着它跑。钻地道、过河，或者爬树，都不要耽误时间。它到哪里，你就到哪里。到最后，你一定会找到玫瑰花的。当你回来的时候，换一颗胡桃，把发亮的一颗放在地上，它就会主动领你回到家里。"

小伙子跑去和老太婆——就是以前曾经给他面包的那个女人告别。

"我要去找有生命的玫瑰了。"他伤心地告诉她。

"我希望你别去，"她说，"不过，要是你决心要去的话，说不定我也可以帮助到你。那株玫瑰花生长在一个花园里，花园里住着一个非常漂亮的公主。大门旁边永远都会有两只凶恶的狮子看守着。你先用一只杀好的羊，把它切成两半，等到两只狮子扑过来的时候，就把羊肉丢给它们每只一块，到那时候它们就只顾吃羊肉了，你可以趁机跑到里面。只要你通过这一关，就不会再有什么其他危险了。公主是站在阳台上的，她的黑黑的长长的辫子一直垂到草地上。你悄悄地走过去，千万不要被她发觉，然后你抓住她的头发，千万别让她逃走，等她对着狮子发了誓，那么你要什么她就会给你什么了。"

他跟着胡桃一直走到花园里，果然和老太婆所说的情形一样。小伙子抓住了公主的长辫子，她真的生气了。

"让我走！立刻让我走！"她大声喊叫着。

"除非你发过誓。"小伙子说。

"我对着我的爸爸发誓。"

"不行。"他喊道，紧紧抓住她的头发。

"我对着有三个脑袋的恶魔发誓。它就住在这个山脚下。"

"不行。"

她又对着太阳、天空、水和火一一发誓。小伙子就是不答应，最后她认为一点办法也没有了。

"我对着两只看门的狮子发誓。"

于是小伙子放过了她。他走到一个小门口，两人开始谈起话来，交了朋友。这样几天过去了，直到最后，小伙子不情愿的说：

"我该要走了。"

"不，"她挽留他，"和我住在一起吧。我们什么东西都不缺。有甜牛奶喝，有蜜吃，还有新鲜的水果；天气暖和的时候，还可以在花园里散步，我的狮子可以替我们看守着大门。"

但是他十分想念着母亲，无论长辫子公主怎么劝他都没有用。于是后来她给了他有生命的玫瑰。这朵花的颜色是深红的，闻起来比世界上最最最香的东西还要香。最后他们流着眼泪告别了。他把一颗发亮的胡桃放在地上，跟着它就走了。

在他回去的时候，经过老家便停了下来，找到了他的两个哥哥。他们答应他，陪他一块儿回去。他们快要到城里了，要路过一条小河，小伙子那时就是在这条小河里找到发光的石子的。

"我已经走过许多地方了，"他自己想，"一切从这里出发，走遍了半个世界，现在我又回到这个地方来。说不定我沿着这条小河走去，或许还可以发现那些石子的来历呢。"

他走到小河的头，看到一个伤得很重的姑娘，从她的伤口中流出来的一滴一滴的鲜血都变成了发光的石子，被河水冲了下去。他让她闻了一下有生命的玫瑰，她立刻有了精神，伤口也好了。

"谢谢你！非常谢谢你！"她大声叫喊着，"我躺在这里等死，已经有三年之久了。现在你竟然医好了我的伤口。现在你到哪里，我愿意和你到哪里。"

小伙子顺利地进了城。大臣们都急急忙忙地跑出来，国王站在华盖底下准备迎接他，王宫里的人都深深地鞠着躬。因为他们现在都知道，这个小伙子的本领是非常大的。

"现在什么都预备好了。你的结婚礼服也已经做好。"大臣恭敬地说，"厨师在烤羊肉，要举办酒宴来祝贺你呢。"

他们对他的那两个哥哥也非常欢迎。

小伙子走过的地方有很多，阅历也丰富了。他很开心地把母亲接来，告诉了她两个哥哥也在这里，然后对大家说：

"噢，亲爱的国王，还有各位大臣，请听我说几句话。我建造好了一座象骨的房子，你们不满意；我牵了两头牛来，从天黑到天亮吃完了三年的谷草，你们还是不满意；现在我把有生命的玫瑰花采来了，现在你们就把公主快请出来吧。"

他们请公主出来了。

小伙子说："如今我要让我的大哥和她结婚；让我的二哥和你结婚。"冲发光石子的姑娘说。

　　这场喜酒总算没有白白浪费准备。办完喜事之后，小伙子对大家又说一声"再见"就走了。他把那一颗黑胡桃放在地上，跟着它又回到长辫子公主那里去了，因为长辫子公主还在花园里等着他回去。这次当他进去的时候，两只狮子呜咽地叫着，用金色的毛接触他的身体。它们当然已经认识自己的主人了。

　　他和长辫子公主结了婚，他们于是就一直住在那里。她不光是给他一朵有生命的玫瑰，现在把整个花园都送给他了。

　　如果你不怕狮子，那么有时间你可以去拜访他们的。

卡希旦卡

野地主

很久很久以前，在某朝某国，有那么一个地主，他活得很快乐。家里一应俱全——农奴、粮食、牲口、土地、果园，都富足有余。可是他很糊涂，经常阅读《新闻报》，而且长了一身肥肉又白、又暄。

这一天，他苦苦地恳求上帝说：

"主啊！我对你什么都满意，是你给了我这一切！只有一件事不能称我的心意：在我们这个朝代里，庄稼人实在太多了！"

上帝知道，他糊涂的很，于是就没有听取他的要求。

地主看到庄稼人不但没有减少，而且一天比一天多，不由得开始担起心来，他想道："如果那些庄稼汉把我的财产全部吃光怎么办？"

地主赶紧阅读《新闻报》，看看在这种危急的情况下应该采取什么措施来应对。他读道："要尽快设立法律法规！"

"话虽然只有一句，"糊涂地主说，"不过，却是一字值千金啊！"

于是他开始尽力设定法规管理一切，不再随随便便，而是一切按照规定办事。农民的母鸡跑到老爷的燕麦地里去了，马上按规定把它煮成鸡汤。农民偷偷地跑到老爷的树林里去砍柴，就命令他把这些柴送到老爷的院子里去，并且按规定向砍柴人罚一定的款。

"现在，我主要是用这种罚钱的方法来管教他们！"地主对邻居说，"这对他们来说更易明白一些。"

农民们想到：他们的地主虽然糊涂，但是天赋智慧还真是不低。地主把他们给管得寸步难行，不论朝什么地方瞧一眼，什么都不允许，什么也都不准碰——全都不是你们的！农民驱赶牲口去喝水——地主大叫一声："这是我的水！"母鸡到村庄附近走走——地主大喝一声："这是我的地盘！"空气啊，水啊，土地啊，全变成他自己的了！农民连照明用的松明也都没有了，连用来修补农舍的一根树条也都没有了。农民们只好一起哀求上帝：

"上帝啊！我们宁可和小孩子全都死掉，也比一辈子过这种受罪日子强！"

仁慈的上帝听见了这真诚的祷告，于是在糊涂地主拥有的整个领域内，一个农民也没有了。农民都跑哪儿去了呢？——谁也没有意识到。只见突然天空中刮起一阵浑浑沌沌的旋风，一大堆农民穿着粗麻布裤子好像一团黑乎乎的乌云似地从空中飞了过去。地主快速赶到阳台上，用鼻子嗅了嗅：在他的整个领域上，空气也变得新鲜极了，清新极了。他当然非常高兴，想着："现在我终于可以让我又暄、又软、又白的身体舒舒服服了！"

他开始过上他的"好日子"，琢磨着要怎样享受一下。

他想："我想要在家里演戏！我要给演员萨多夫斯基写一封信，对他说：快来吧，亲爱的好朋友，再多带几个女演员来！"

演员萨多夫斯基看了他的信，亲自光临，还带来了女演员。但他发现地主家里空无一人，连搭戏台和拉幕的人全都没有。

"你把你的那些农民都弄到哪里去了？"萨多夫斯基疑惑地问地主。

"喏，上帝听到了我的祷告，带走了我领地上所有的农民！"

"但是，老兄，你真是个糊涂地主！现在谁来伺候你这个糊涂虫洗脸刷牙呢？"

"可不是嘛，我已经很多天没洗过脸了！"

"八成你是打算在你这脸上种蘑菇吧？"萨多夫斯基说完这句话，就气冲冲走了，把女演员也一块带走了。

地主想起来，这附近有四位他认识的将军，他想："我干嘛总是用纸牌来算命呢！我还不如试着和将军们五个人一起玩纸牌呢！"

说到于是就做到。他写了几份请柬，订好了日子，按照地址把信发了出去。即使将军们全都是真正的将军，可是他们的肚子都非常饿，因此很快就光临了。他们来到以后，免不了惊讶一场，感到非常奇怪，为什么地主家的空气变得这么新鲜。

"原因是上帝听到了我的祷告，"地主大吹特吹地说，"扫除了我领地上所有的农民！"

"哎呀！这样太好了！"将军们称赞地说道，"那么说，现在您这儿农奴的气味应该一点儿也没有了吧？"

"一点儿也没有了。"地主高兴地回答。

他们开始玩了一局纸牌，又玩了一局纸牌。将军们都觉得到了该喝伏特加酒的时候了，就东张西望、心猿意马起来。

"亲爱的将军先生们，你们是不是想要吃点东西？"地主客气地问道。

"亲爱的地主先生，吃点东西也不错！"

地主从桌旁站了起来，快速走到碗橱前，给每个人都拿出一块印花甜饼干和一块糖。

"这算怎么一回事？"将军们都瞪大眼睛望着他，问道。

"上帝给了些什么，你们就吃点什么吧！不要挑剔！"

"最好能给我们吃牛肉！我们要能吃点牛肉才是最好！"

"唔，亲爱的将军先生们，我可没有牛肉让你们吃，原因是自从上帝让我摆脱了农民之后，厨房里的炉灶就再也没有生过火！"

将军们全都气坏了，气得一个劲儿地把牙齿咬得咯咯作响。

"你自己不也得吃点东西吗？"他们怒气冲冲地向他喊着说。

"我就吃点现成的东西就行。喏，这会儿还有些甜饼干……"

"不过，老兄，你可真是个彻底的糊涂地主！"将军们气急败坏地说。没等到把那局纸牌玩完，他们就又各自回家去了。

地主见别人又一次"奉送"给他"糊涂虫"这个"称号"，就决定考虑一下，但是就在这时候，一副纸牌又投入了他的眼帘，他随即把一切抛到脑后，又摆纸牌算起命来了。

"你们走着瞧吧！"他说，"这群自由主义者们，看最终谁能战胜谁！我要向你们如实证明，真正坚强的意志都能够干出什么样的大事情来！"

他一边摆着纸牌一边想："如果一连三次通关，那应该就勇往直前。"然而好像安排好似的，无论他摆上多少次，每次都通关了！他简直一点也不怀疑了。

"既然命运给自己这样指示，那就应该坚持到底。现在暂且先不摆牌了，我要去工作吧！"

接着他走过一间一间的屋子，然后坐下，就那样坐了一会儿，不断思虑着。他想，他将要从英国订购些什么样的机器，以后好什么都可以利用蒸气来干活，那样就一个农奴也用不着了。他想，他将要种植一个什么样子的果园："喏，在这儿栽李子树，梨树；喏，这儿栽胡桃树，这儿栽桃树！"他朝小窗外望了望——全部都在那儿呢，就如同他所想的那样，什么都仿佛已经真的有了！杏树、桃树、梨树的枝条被累累的果实压得几乎快要折断了，他只需要用机器摘下水果直接往嘴里放就可以了！他想，他将要饲养一些什么样的母牛，那些母牛既可以不多长皮，又可以不多长肉，光出奶！他想，他将要种植什么样的草莓，那种草莓全部都是双生和三生的，五个草莓加起来就有一磅重；他策划着把这样多的草莓卖到莫斯科去。最后，他终于想累了，就走过去照了照镜子——可镜子上的尘土已经差不多积了一寸厚了……

"先卡！"他突然忘乎所以地叫了一声，但紧接着又醒悟过来了，说道，"暂时先随它自己去吧！我一定得让那些自由主义者们好好瞧瞧，坚强的意志都能干出什么样的大事情来！"

他这样好不容易熬到天黑，就去睡觉了！

睡中的梦，比醒来时的梦更加愉快一些。他梦见省长本人知道了他这地主如此坚强不屈，就问县警察局长："你们县里是不是有一个坚忠不拔的杂种？"后来，他梦见就因为他这样坚强无比，被任命为部长，他的身上挂满了飘逸的带子，正在写着通令："必须勇往直前，坚忍不拔！"后来他梦见自己行走在底格里斯河岸和幼发拉底河上……

"夏娃，我亲爱的朋友！"他说道。

但是到了后来，全部的梦都做完了，该要起来了。

"先卡！"他又忘了些什么，喊了起来，但忽然想起来了……不由得耷拉下脑袋。

"可真是，现在干点什么好呢？"他自言自语，"哪怕来个可怕的魔鬼也可以呀！"

他说完这句话，突然县警察局长亲自乘车过来了。地主见到了他，高兴得难以言表，急匆匆跑过去从碗橱里拿出来两块印花甜饼干，心想："这回他应该会满意！"

"地主先生，真奇怪，请您告诉我，怎么您那些'临时义务'工作的农民一下子都不知道去哪里了?"县警察局长疑惑地问道。

"是这样的。上帝听到了我的祷告,就把我整个领地上的农民全部都清除干净了!"

"原来是这样呀!那么,地主先生,您知不知道,在此之后由谁来替他们捐税呢?"

"捐税?⋯⋯他们自己交呗!让他们自己交呗,这莫过于是他们最神圣的义务了!"

"是这样呀!可是依照您的祷告,他们都从地面上消失的无影无踪了,那么还有什么办法来向他们征收捐税呢?"

"这⋯⋯我可就不知道了⋯⋯我,不管怎样我是不会同意捐税的!"

"地主先生,如果不收捐税,特别是酒和盐的税,国库就没办法继续维持下去了,这您到底知道吗?"

"这我可以给你啊⋯⋯我心甘情愿!喝了一杯伏特加酒⋯⋯我就给钱!"

"因为您的恩典,在我们这儿菜市上连一磅面包、一块肉也买不着了,您知道这些吗?您知道这该当何罪吗?"

"算啦!我情愿作出点牺牲,喏,给您整整两大块甜饼干!"

"您真糊涂!地主先生!"县警察局长说完了这句话,转过身就坐车走了,连正眼瞧都没瞧印花甜饼干一眼。

这回地主开始认真思考起来了。这已经是第三个人奉送给他"糊涂虫"这个称号了,已经是第三个人瞧了他一眼,吐了口唾沫就走了。莫非他真是个如假包换的"糊涂虫"?莫非他如此珍惜的坚强不屈精神,只意味着疯狂和愚蠢?莫非因为他的坚忍不拔,捐税贡赋就全都要停交了,市场上连一块肉、一磅面粉也都买不到了?

因为他是个如此糊涂的糊涂地主,所以一开始,当他想到自己捅了个什么样的大篓子时，甚至高兴地"噗哧"笑出了声，但是后来他想到县警察局长和他说："您知道这是什么预兆吗？"就立刻吓得不行。

他开始习惯性地在屋里走来走去，不停地反复地想："这是什么兆头？不是要被判流放了的兆头吧？比如说，流放到瓦尔纳文去，或者流放到切波克萨雷去？"

"流放到切波克萨雷去也挺好！起码普天之下的人都可以信服我，意志坚强不屈意味着什么！"地主嘴里虽然这样说，心里却暗自想道，"说不定我能在切波克萨雷碰见我那些可爱的农民们呢！"

地主来回走一会儿，坐一会儿，又起来走一会儿，坐一会儿。无论他走到什么东西面前，它们都好像在向他说："地主先生！你真是糊涂！"他看见了一只小老鼠在屋里跑了过去，悄悄跑到他用来算命的那副纸牌旁边，那纸牌上已被他摸得油迹斑斑，足够来引起老鼠的食欲了。

"去，一边去……"他朝那只小老鼠扑过去。

但是这只小老鼠还挺聪明，它了解，没有先卡，地主动不了它一根毫毛，于是只摇了一下尾巴，当作对地主那一声威吓性呵斥的应答，一秒钟后，它已经从沙发底下望着他了，就像在说："糊涂地主，你就等着吧！将来还不仅仅是这样哩！我不但要吃纸牌，等你把你的长袍穿得油乎乎脏透了的时候，我就把你的长袍也给吃掉！"

不知过了多久，地主发现他的花园里的小路已经被牛蒡草覆盖上，一大帮的蛇和各种各样的爬虫在树丛间蠕动着，园里有怪兽在吼叫。到了有一天，一只熊径直走到庄园里来，蹲在地上，一边从窗口向地主张望一边舔嘴唇。

"先卡！"地主突然大叫一声，但又突然醒悟过来，便放声大哭起来。

但是，他还没放弃他那坚强意志。有那么好几次，他变得软弱起来，不过他一感觉自己的心要开始变软，就马上奔过去读《新闻报》，就转瞬之间又变得坚韧不拔。

"不！我宁可与野兽为伍，宁可变野，在树林里漂泊，也绝不能让任何闲人说：乌鲁斯一库楚姆——基尔吉巴也夫公爵，俄罗斯的贵族放弃了他的原则！"

他终于变野了。即使那时秋天已经到了。天气寒冷，但他甚至还没觉出冷来。他从头到脚长了一身毛，好像古代的以扫；他的指甲也变得坚硬如铁。他早就不擤鼻涕了，越来越常用四肢爬着走，他甚至也觉得奇怪，怎么以前没有发现这种散步的形式是最恰当、最方便的。他甚至丧失了发出清晰的声音的能力，而是学会了一种介于呵斥声、嗖嗖声和尖哨声之间的惨声惨调的奇特叫声。不过，他还没长出尾巴来。

当他又走到曾经娇养着他那又暄、又软、又白的身体的花园里去时，一会儿工夫，他就爬到了树顶上，就在那儿守候着。一只兔子跑过来，用两条后腿站了起来，倾听着有没有什么危险的动静——这时他像是支箭似地从树上一跃而下，猛得扑过去抓住猎物，立即用利爪撕碎，连同五脏六腑甚至还有毛皮，一古脑儿全部吃掉。

他变得力大无穷，他的力气大到的那种程度，甚至认为自己有能力和从前那只有时从小窗里向他张望的熊交朋友。

"熊先生，你愿意么，咱们一块儿去抓兔子？"他对熊说。

"愿意——干吗不愿意呢！"熊回答，"不过，亲爱的老兄，你可真不应该让农民消失。"

"这是为什么呢？"

"原因是农民比你们贵族弟兄要有本事得多。因此老实说：即使你是我的朋友，我也要告诉你，你真是个糊涂地主！"

即使县警察局长一向是保护地主的，但是他看到了农民从地面上消失了的事实后，这会儿也不敢再像以往保持沉默了。他给省长打了个报告，省长也开始慌起来，回信说："您想，今后由谁来交税呢？谁又到酒馆去喝酒？谁又来做那些正正当当的买卖呢？"县警察局长回信说，现在财务机关就成了个空架子，正当的买卖也跟着一块取消了，代替的，是目前县里有层出不穷的凶杀、抢劫和偷盗。在前几天，县警察局长本人也差点儿被一个熊不像熊、人不像人的怪物咬死，并且他怀疑这只人熊就是一切骚乱的罪魁祸首的那个糊涂地主。

长官们全都着急，就开了个会，在会上决定：把全体农民抓回来，让他们在这里住下；对那个作为一切罪魁祸首的糊涂地主，要进行一些极其委婉的劝导，请他立刻停止夸口吹牛，不要再妨碍财务机关来收税。

仿佛故意为难似的，就在这时候，好像同蜜蜂分房飞走的那伙农民，飞过省城时又掉了下来，落满了这整个市场。长官们马上派人把这些人全部都抢收起来，装进柳条筐里，送到县里。

一下子之间，从那个县里又发出熟羊皮和谷糠的气味；与此同时，市场上也出现了各种各样的家禽、肉类和面粉。至于税款，一天之内也交来了很多，财务官看见了如此这么一大堆钱，只惊讶得把两手直拍，大声叫道：

"调皮可爱的家伙们，你们这都是打哪儿弄来的呀！"

读者们会问我："那么地主又怎样了呢？"至于这个问题，我可以告诉你们：即使费了九牛二虎之力，但还是把他逮住了。逮住后，马上让他洗得干干净净，擦干净了鼻涕，还给他剪了指甲。然后县警察局长对他进行了适当的导疏，没收了《新闻报》，将他先交给先卡管，于是就走了。

这地主现在还活着。他经常摆扑克牌来算命玩，一直怀念着树林里的生活，只有到迫不得已的时候才出来洗一次脸，有时还发出"哼！哼！"的叫喊声。

"聪明绝顶"的鲄鱼

从前有一条小鲄鱼。它的父母都很聪明，安分守己、平平静静地在河里生活了一辈子，很幸运的没有被熬作鱼汤，也幸运的没有被梭鱼吞入腹里。它们叮嘱儿子也要像它们这样地生活。老鲄鱼在临死前对儿子说："孩子啊，注意，要是你也像我们一样一辈子过平平安安的美好幸福的日子，那就得时时刻刻留神注意！"

这条小鲄鱼十分地聪明，于是它开始依靠着自己的机智聪敏分析情况。然而它发现，不论它把弱小的身子转向哪里——哪里都是绝境。水里，四周尽是些大鱼在游来游去，这里就数它最小，随便的哪条鱼都能够轻易地吃掉它，然而它却吞不下任何一个水生物。况且它什么也不明白：为什么要去吞食它们呢？虾能用螯把它夹成两段；蚤能叮咬它的脊背，把它折腾个半死。连它自己的鱼弟兄们都是那样，只要看见它捉住哪怕只是一只蚊子，它们便马上成群结队地扑过来抢夺。它们哄抢着把蚊子夺过去后，乱哄哄打作一团，争先夺后地把蚊子抢个稀烂。

况且还有人呢，这种生物那才叫阴险透了！为了使鱼白白地送命，人能琢磨出各种各样的阴谋诡计防不胜防，他会使用什么大鱼网、小鱼网、捕鱼篓，还有……还有钓鱼竿！好像没有再比钓鱼竿更愚蠢的玩艺儿了——只不过是那么一根线，在线上拴个鱼钩，再在钩子上装一条蚯蚓或一只苍蝇……而且他们是怎样把它放上去的呢？……可以说是用极其不自然的方式钩在那个愚蠢钩子上！但是被人钓上去的鱼儿中，就数鲄鱼的数量最多了！

关于钓鱼竿很危险的事情，老鲄鱼爸爸不止一次警告过它。"儿子啊，你最应该当心的，就是那钓鱼竿！"老鮈鱼爸爸叹口气道，"因为，虽然这种工具是再愚蠢不过的，可是对于我们鮈鱼来说，对于越是愚蠢的东西也就越信任。唉，人家给我们扔下一只小小的苍蝇，好像对我们表示亲热似的；但是你要是咬住它，那可就要为一只小小的苍蝇送了命！"

老鮈鱼爸爸还讲了有一天它差点就被人炖了鱼汤的故事。那个时候是大量捕捞它们鮈鱼的时节。跟河一样宽的大鱼网，顺着河底一直拉了两俄里远。好家伙！有多少鱼这样地都被捞上去了！梭鱼、鲈鱼、斜齿鳊、大头鮈、嘉鱼，甚至还有石斑鱼，全部都被人从河底的淤泥中狠狠地拖了出来！被捞走的鮈鱼，多得更是不计其数。当老鮈鱼爸爸被鱼网在河底下拖着走的时候，真是把它吓坏了，——那种恐惧，在童话里是讲不出来的，也实在难以用笔墨来形容。它只感觉自己被拖着走，并且完全不知道会被拖到什么地方去。它看到自己的左边是条梭鱼，右边是条鲈鱼，心想：不是这条，便是那条，马上就会将自己吃掉，然而它们连碰也没有碰它……那会儿谁都顾不上吃了！大家心里只想着这样一件事，那就是：今天难免一死啦！至于这究竟怎么回事儿？我们为什么得死？——谁也不明白。终于，人们开始收网了，他们把鱼网拖上岸，从网里往草地上倒鱼。那时老鮈鱼爸爸才终于懂得了什么是鱼汤。只见那沙地上有个红东西在时明时暗地快速抖动，那红玩艺儿上面时不时地冒起一团灰濛濛的烟云，把老鮈鱼烤得热极了，它感到浑身乏力。没有水对于它来说已经够难受的了，再加上高温就更不好过了……它听见有人说，那个叫作"篝火"。这"篝火"的上头，架着个黑色东西，里面有水在不停地翻腾着，就像起大风浪时的翻滚湖水一样。它听见人说，那个玩意儿叫作"锅"。后来，有人说：把这些鱼放在"锅"里开始炖"鱼汤"吧！人们就开始把鱼往锅里放。人把一条大鱼放在锅里，那条大鱼先是往下一沉，然后像疯了似地往上一窜，又重新沉了下去，然后大鱼便再也不动弹了。人们说它尝到"鱼汤"

的滋味了。起初的时候人们不加选择地往锅里随便放鱼，后来有个老爷爷看了老鮈鱼爸爸一眼，说："就这么个小不点儿，对新鲜的鱼汤有什么用处？就让它待在河里再长大一些吧！"这老头儿嘴里说着的同时，抓住老鮈鱼的鳃，猛地就扔回河里了。老鮈鱼当时可不傻，它急忙拼命地逃回家里去！等逃到了家，看见鮈鱼老伴被吓得半死不活地正从洞里朝外小心张望呢……

结果又怎样呢！不论后来老鱼怎么解释鱼汤是个什么东西，那里面究竟有什么，但事到如今，河里还很少有谁对鱼汤有个正确的概念！只有老鮈鱼的儿子小鮈鱼牢牢记住了父亲的教导，永远不敢忘记。它是条知识渊博的小鮈鱼，又是个温顺的自由主义者，它十分明白，想要平平安安过一辈子，是很不容易的一件事。"必须那样地生活——让谁也别注意到自己，"它这样对自己说，"不然就会没有命了！"于是它开始安排自己要做的工作：首先，它决定挖一个只有自己能够钻进去的洞，其它的动物都进不去！它用嘴挖这个洞，它整整挖了一年才完工。一年之中，它有时钻进泥中过夜，有时又躲在水里牛蒡底下过夜，有时又藏在芦苇丛间睡觉，经历了无数的艰难险阻。最后，总算挖成一个还不错的洞，整整齐齐，干干净净的，并且刚好能容下它独自一条。其次，它决定了这样安排自己的生活：晚上了，当人类、飞禽、走兽和其它的鱼都睡觉的时候，它出来悠闲地散步；而白天，它便战战兢兢地躲在洞里。不过，完全地不吃不喝也是不行的。它既没有薪俸，又没有仆人问候，所以它决定约摸在中午的时候，等所有的鱼都吃饱了，它便跑出洞去碰碰运气，也许上帝保佑，能让它捉到一只小小的昆虫。如果捉不到小昆虫，那便只好饿着肚子躺在洞里瑟瑟发抖。它宁可不吃不喝度过一天，也比吃得饱饱的然后丢掉性命强。

它于是便这样做了。夜晚出来散步，在月光下沐浴，白天的时候便钻在洞里瑟瑟发抖。只在中午溜出洞去捉点什么来吃——可是，中午又能捉到什么呢！中午连蚊子都跑到叶子下面避暑去了，连小甲虫也藏在树皮底下乘凉。它只好喝几口水，将就一下算了！

它白天躺在洞里，夜里又睡眠不足，并且又经常挨饿，它总是一个劲儿地在想："好像我还活着呢？明天又会怎样呢？"

有一回，它不由自主地打了个盹儿，竟作了一个中了彩票的梦，赢了二十万的大奖。它欣喜若狂，简直忘乎所以不知所措了，翻了个身——再一瞧，自己的半个身子竟然都伸到洞外面去了……万一这时候附近有条小梭鱼可怎么办呐！那条小梭鱼准能把它从洞里拖出去！

一日，它醒来时惊讶地发现，就在它的洞对面，站着一只虾。那只虾仿佛中了妖术一般，呆呆地一动也不动，朝它瞪着两只算盘珠似的大眼睛，只有须子随着水流微微抖动。可直把它吓得够呛！那只虾在外面足足守候了半天工夫，一直守候到天黑才扫兴而归。吓得它不停地颤抖，不停地抖。

还有一次，黎明前它回到洞里，刚舒舒服服地打了个大哈欠，开始感到睡意朦胧——眼一瞟，却见不知打哪儿来了一条大梭鱼，正站在洞口，把牙齿咯得喀喀作响。这条梭鱼也足足守候了它一天，就好像光看着它也能看饱似的。它把这条梭鱼也给糊弄过去了，这一整天它干脆没出洞。

这种事情，它遇到过不止一次，也不是两次，几乎天天都要遇到这种情况。每天它都哆哩哆嗦地躲过去了，赢得了胜利，于是每天它都要欢呼道："谢天谢地啊，我竟然还活着！"

这还不算——它还没有结婚，更没有子女，虽然它父亲曾经拥有个颇盛大的家庭。它是这样想的："父亲像闹着玩儿似地也能混过这一辈子！那个时代，梭鱼比现在要善良得多，鲈鱼也对我们这种小鱼根本不感兴趣。虽然有一天父亲差点儿就被炖了鱼汤，可是也幸运地碰见一个小老头儿，把它给救了！如今河里的鱼数量越来越少，简直要绝迹了，所以鲴鱼也受到了抬举。这会儿我可顾不上成家了，能够把性命保住就不错了！"

　　这条聪明绝顶的鱼，就这样小心翼翼活了一百多岁。这一百多年来，它一直是战战兢兢、哆哩哆嗦的度过的。它无亲无友，从来不去找谁，也没有谁来找过它。它不打牌，也不喝酒，更不吸烟，也不追求漂亮姑娘——它每天提心吊胆地只想着一件事情："谢天谢地，谢天谢地！好像我还活着！"

　　后来连梭鱼都开始夸奖它，说："要是都像它那样生活，河里才安静呢！"不过，这话它们是故意这样说的，它们以为一夸它，它准会骄傲地出门自我介绍一番，说："喏！说的就是我！"那时它们就可以趁机抓住吃了它。但是，这个当，它可没上，又一次用智慧胜过了敌人的阴谋诡计。

　　一共过了到底一百零几年？没有人知道，总之聪明绝顶的鱼要死了。它躺在洞里想道："谢天谢地啊，我是寿终正寝，就跟我的父母一样。"然而在这时，它突然想起梭鱼的话："要是都像聪明绝顶的鱼那样的生活……"是啊，果真那样的话，情况又会怎样呢？

　　它非常聪颖，所以它开始开动脑筋，琢磨起这问题。忽然好像有谁在它耳边低声说道："要知道，如果全像你那样地活着，可能鱼早就绝种喽！"

　　因为为了能够让鮈鱼传宗接代，首先得有家庭，然而它却没有；光有家庭还远远不够——为了使鱼的家庭兴旺和巩固，为了使家庭成员个个都身体健硕，精神饱满，它们必须在自然环境下成长，而不能一天到晚总呆在洞里，因为洞里永远是黑暗的，它总这样呆在洞里，眼睛都快瞎了！其次必须让鱼们得到充分的营养，并且不能脱离社会，应该鮈鱼间常常彼此来往，互相学习对方身上美德和优良品质。只有这种生活下，才能使鮈鱼家族日益完善，不致退化。

谁要是认为，那些因为被吓破了胆，所以只能战战兢兢地躲在洞里，苟言残喘的鮈鱼才是值得尊敬的先生，那么他想错了。这种鮈鱼不但不是什么好公民，更是最无用的鱼儿。从它们那儿既不能得到温暖，也不会遭遇冷淡；既得不到尊敬，又不会受到屈辱……它们活在这世上，似乎只不过是白白地占块地方，白吃饭……

这一切是那样的明明白白、清清楚楚，使得躲在洞里的鮈鱼突然生出了一个强烈的愿望："我要钻出洞去，昂首阔步地在河里从这一头游到那一头去！"但是它刚这样一想，被这样一个荒唐的想法给吓了一大跳。于是它又开始战战兢兢地等死。活的时候是战战兢兢地活着，死也是战战兢兢地死。

刹那间，一生中发生的事情都在它脑海中闪过。它有过什么欢乐高兴地事呢？它给过谁安慰？它给谁出过好主意？向谁说过一句恭维好话？它收容过谁？又给过谁温暖？拼命地保护过谁？又有谁听说过它的事情？又有谁还记得它的存在？

对于这些问题，它只好回答："谁也没有。"

它战战兢兢地过了一辈子——这便是它全部的经历。即使是现在，它即将死去，可是它还在发抖，自己也不知道是因为什么。它的洞里又挤又黑，连转个身的地方都没有，阳光照不进来，洞里永远是阴冷阴冷的。它就这样躺在这潮湿的黑暗中，两眼什么也看不见，终日疲惫不堪，谁也不需要它，它就那样干躺在那儿等死：就让它快彻底摆脱这毫无意义的生存吧，到底什么时候它才能饿死？

它能听见其它的鱼从洞口迅速游过去——也许那些也是跟它一样的鮈鱼——没有谁对它的生活感兴趣，谁也不关心聪明绝顶的鮈鱼，它到底是用什么办法活了一百多岁？为什么梭鱼没有能够把它吞进肚里，虾没有用螯把它夹断，渔人也没有能够把它钓上去。那些鱼游过洞口的时候，说不定根本都不知道有这样聪明绝顶的鲥鱼正在这洞里等待着生命的结束呢！

然而使它最委屈的是：没有听见过有谁夸它聪明绝顶。鲥鱼们光是说："您听说过这样一个傻瓜的事情吗？——这傻瓜天天不吃，不喝，跟谁也不来往，谁也不见，只顾保住自己的一条小命。"许多鱼干脆叫它蠢家伙或是无耻的家伙，而且惊讶道：河水怎能容忍这样的笨蛋住在里面。

"聪明绝顶"的鲥鱼就这样一面打盹儿，一面思考。实际上，它也不是在打盹儿，而是已经开始昏迷了。它的耳朵里响起了临终的嗳嚅，它开始感到全身疲倦无力。它这时又做了个那个以前做过的富于诱惑力的梦。它梦见中了彩票赢了二十万大奖，身子长了整整半俄尺，而且自己在吞食梭鱼。

它正做着这美梦的时候，脸渐渐从洞里探了出去。

突然，它消失得无影无踪了。究竟发生了什么事情——是梭鱼把它给吞进肚里了？还是虾用螯把它夹断了？或是它寿终正寝后漂到水面上去了？没有人能证明此事。最可能的，还是它寿终正寝了，因为对梭鱼们来说，吃这样一条垂死的病歪歪的鲥鱼，而且还是"聪明绝顶"的笨蛋鲥鱼，又会有什么乐趣呢？

一个庄稼汉养活两个将军的故事

很久以前，有这样两个将军。这两个将军都是轻举妄动的人，因此没过多久，他们就按梭鱼的嘱咐，照我的愿望，不知不觉走到一座荒无人烟的孤岛上。

这两个将军在某注册部门里任职了一辈子，他们在那里出生，在那里成长，又在那里衰老，他们什么也不懂。甚至除了"请接受我的崇高敬意"这句话之外，连话也说不好。

该注册部门因为完全没有存在的必要而被撤销了，两个将军就这样被放了出来。他们成为编外人员后，搬到彼得堡师爷街，分住在两所住宅里，各自雇佣了一个女厨子，按时领取着退休金度日。只因突然到了荒无人烟地孤岛上，他们醒来睁眼一看：原来两个人合盖着一条被子躺着。当然，他们起初感到十分地莫名其妙，于是两个人谈起话来，就好像什么事情也没发生似的。

"阁下，我刚才做了一个十分奇怪的梦，"一个将军说道，"梦见我住在一个荒无人烟孤岛上……"

他这样说着，忍不住地跳起身来！另一个将军也紧跟着跳了起来。

"上帝呀！这究竟是怎么回事儿！我们这是在哪儿呀！"两个人高声嘶喊起来，声音都变了。

于是他们互相用手掐对方，想弄清楚，这到底是在梦中，还是真的遇见了这种荒诞的事。但是，不管他俩怎样尽力要使自己确信，这一切只不过是一场梦，最后也不得不承认这可悲的现实。

他们面前是一片浩瀚大海，另一边有一小片陆地，陆地外面也是漫无边际的大海。自从注册部门被关门大吉之后，两位将军头一次放声大哭。

他们开始彼此仔细打量一番，发觉两个人都只穿着睡衣，每人的脖子上都只挂着一枚勋章。

"这会儿要是能喝点咖啡该多么好！"一个将军叹道。但是又立刻想起自己的空前悲惨遭遇，也就再一次哭起来了。

"我们该怎么办呢？"他一边哭一边说，"现在就是写一份报告，又有什么用啊？"

"我说，要不这样吧，"另一个将军回答道，"阁下，您往东走，我往西面走，晚上的时候咱俩还在这个地方碰头，看看也许能找到些什么。"

于是他俩开始寻找究竟哪边是东，哪边又是西。他们猛地想起，有一天一个长官曾经说过："你要是想找到东面，那就让身子朝北，站着，你的右手便是你所求的方向。"他俩开始找北。他们开始这么站，又那么站，把所有的方向都试遍了，但是因为在注册部门里任职一辈子，所以最终他们什么也没有找到。

"阁下，我说，要不然这样吧！你往右面走，而我往左面走，这样做也许会好一些！"一个将军说着。这个将军除了在注册部门之外，还在士兵子弟的学校里当过一段时期的书法教师，因此当然比另一个要高明一些。

于是他们说到就做到。一个将军开始迈步向左走去，他发现地上长着几棵树，树上结了各种各样的果子。这将军想够一个苹果下来，可惜苹果都高高地挂在树上，他不爬到树上去是够不到的。他试着爬了爬，却怎么也爬不上去，还把睡衣撕了个大口子于是放弃。将军又走到一条小河边，看见小河里的肥鱼就跟喷泉河上的运鱼船里的鱼似的，多得乱挤乱钻。

"唉，要是能把这种鱼弄回师爷街的家里面去就好了！"将军这样想到，不由得食欲大发，脸上的表情都变了些。

将军走进一片树林里，黑雷鸟在鸣叫，林里的松鸡在啸叫，野兔来回地跑动。

"上帝呀！有这么多吃的东西！有这么多吃的东西！"将军说着，他已经开始觉得有点恶心了。

没有办法，他只好两手空空地回到约定的地点去。到那儿一看，另一个将军已经在那里等候他了。

"阁下，你到底怎么样，搞到什么东西没有？"

"喏，我找到一份非常旧的《莫斯科新闻》，此外什么都没有！"

两个将军只得又躺下睡觉，可是饿着肚子怎么也睡不着。一会儿，他们考虑到谁会去替他们领取退休金呢？就不由得担起心来；一会儿，他们又想起白天看见的那些水果、肥鱼、黑雷鸟、松鸡和兔子什么的。

"阁下，谁又能想到，人类的食物在原始的状态下是长在树上、会飞、会游呢？"一个将军说。

"真的呀，"另一个将军回答，"老实说，从前我一直以为早上喝咖啡时端上来的小白面包，那个天生就是这个样子的呢。"

"可能是这样的，比方说，有谁想吃松鸡，那就必须先把它抓住，然后杀死，将毛拔干净，再烤熟……可是，这些事情究竟应该怎么做呢？"

"这些事情究竟应该怎么做呢？"另一个将军像回声似的重复了一遍他的话。

他俩默不作声了，想方设法地睡着，但是饥饿把睡意完全赶走了。在他们的眼前，只是一个劲儿浮现着松鸡、火鸡、乳猪，皮烤得黄黄的、多汁的，旁边还摆着黄瓜、酸辣菜和别的配菜。

"这会儿，我真是恨不得把自己的皮靴给吃了！"一个将军说。

"嗯，戴旧了的手套也不错！"另一个将军接着叹了一口气说。

突然两个将军互相抬头望了望：他们俩的眼睛里都闪着绿幽幽的凶光，牙齿咬得咯咯作响，胸膛里发出闷闷的吼叫。他们开始慢吞吞地向对方爬去，在一瞬间，眼神都变得愤怒若狂。撕碎的衣服一片片向四面八方飞去了，尖叫声和闷哼声响作一片。当过书法教师的将军一口咬下伙伴的勋章，一下便吞进肚里去了。但是，流血不止伤痕累累的模样好像使他们明白过来了。

"真可怕啊，上帝保佑吧！"他俩异口同声地说，"这样下去，我们会被彼此吃掉的！"

"我们究竟是怎么到这儿来的呢？跟我们开这样一个恶劣玩笑的坏蛋

究竟是谁?"

"阁下,我们应该谈点什么话相互解解闷,要不然我们将要杀人的!"一个将军说。

"那您先开始谈吧!"另一个将军回答。

"比方说,您想想,为什么太阳会先升起,然后落下,而不是相反呢。"

"您可真是个怪人呀。阁下,您不是同样地也先起来,到部里去,在那儿写那么一会儿字,然后便躺下睡觉么?"

"不过,为什么不改成这样呢:先躺下睡觉,做各种各样美好的梦,然后再起来呢?"

"唔……是呀……老实说,自从我到部里去工作后,总是这样想:现在是早晨,待会儿便是中午,然后晚饭端上来——就该睡觉了!"

但是,一提到晚饭,他们两个人不由得都灰心丧气了,使得谈话刚开始便被中断了。

"我从一位医生那儿听说这么一件事,人可以长期把自己身上的汁液当做营养料。"一个将军又开口了。

"怎么会这样呢?"

"就是这样啊,好像自己身上的汁液是由另外一些汁液制造出来的;而这种液汁又照样制造液汁。就这样不断地制造,直到汁液被消耗完为止……"

"那时又该怎么办呢?"

"那时就需要来吃点什么食物……"

"啊,呸!"

总而言之,不论这两个将军从什么话题来开始谈话,谈来谈去,最终总是能够自然而然地谈到食物,这就更加引起他们的食欲。最后他们决定不再进行谈话。他们想起了找到的那一份《莫斯科新闻》报纸，便急忙开始阅读起来。

一个将军用激动的声音读道：

"昨天，我古都受尊敬的官长举办盛大的午宴。宾客有上千人，场面极其奢华。在这令人心醉的节日盛宴上，嘉宾携带着各自的礼品争先前赴伦德乌。其中有'谢克斯纳河的金色鲟鱼'，高加索林中野鸡，及为我北方二月份罕见的草莓……"

"上帝呀！可真没劲！阁下，难道你就不能找点儿别的消息念念吗？"另一个将军绝望地哀叹道。他把报纸从伙伴手里夺了过去，又读了下面一段新闻：

"图拉讯：昨日在乌帕河捕获大鲟鱼一条（连当地老居民也丝毫不记得以前有过这样一件事，何况人们认出此鲟鱼乃警察署长托生），为此俱乐部特设宴欢庆。受庆之鲟鱼盛于大木盘中，四周用黄瓜包围，嘴里叼着青菜一片。当日主持人和医生殷勤招待，务必让众宾客亲尝鲟鱼一块。调料汁品种繁多，甚至可以说是别出心裁……"

"万分对不起，阁下，不过好像您在挑选阅读材料方面，也不太细心！"头一个将军不耐烦打断了他的话，又把报纸从他手里拿过来，朗读道：

"维亚特卡讯：此间一老户发明煮鱼汤的绝妙方法——取一尾活江鳕鱼先打后宰；这样，则江鳕因为疼痛，其肝必变大……"

两个将军都失望地耷拉下脑袋了。一切，不论他们的眼睛看什么，一切都在说食物。他们只好用自己仅有的思想有意识地抵制着它们的诱惑，然而不论他们怎样千方百计地想要赶走煎牛排的念头，这种念头仍旧排除万难，疯狂地涌入他们的脑海。

忽然，当过书法教师的将军灵机一动……

"阁下，"他欣喜若狂地说，"咱们找个庄稼汉来，好不好？"

"找个……庄稼汉，这是什么意思？"

"就是一个普普通通的庄稼汉……平平常常的那种庄稼汉！他会马上给我们端上来松软小白面包，还捉来松鸡，还捕来鱼给我们！"

"唔……庄稼汉……不过，这里根本没有这样的一个庄稼汉，我们又上哪儿去找他呢？"

"怎么能没有庄稼汉——到处都有，我们只要找到他！八成是他躲藏起来了，懒得干活儿！"

这种想法立即使两位将军的精神为之一振，他们霍地跳起身来，开始四处热切地寻找庄稼汉。

他们毫无收获地在孤岛上徘徊了很久很久，但是后来，一阵的炭黑面包和发酵羊皮的刺鼻气味，帮他们找到了庄稼汉踪迹。只见一个身材高大的庄稼汉，正肚皮朝天，把一只拳头枕在头底下，躺在树下懒洋洋地睡觉，以最不成体统的方式在逃避着干活儿。看到这种情况两个将军不由得义愤填膺、满腔怒火。

"你倒是会睡懒觉，懒鬼！"他俩呵斥他说，"这里有两位将军已经都饿了两天，就快要饿死了，可你却还满不在乎！快给我马上干活儿去！"

庄稼汉嗖地站了起来——他看到两位将军正疾言厉色，火冒三丈。

他想赶紧抬腿逃走，但是他俩死死地抓住他，让他动弹不得。

于是他在他俩面前急急忙忙地干起活来。

他先矫健地爬上树，给每个将军摘了十个熟透了的苹果，给自己却只留了一个酸的。后来，他又在地上掘了一会儿，掘出了一些马铃薯。然后他又捡了两块木头，把它拿在手里互相摩擦一阵，摩擦出火花来，点了个火堆。他又用自己的头发编了个小套索，捉住了一只大松鸡。他在火堆上烤熟了那么多各种各样的香喷喷地食物，多得甚至使两个将军都不由自主地想道："要不要也给这寄生虫懒蛋一点吃的呢？"

两个将军看见庄稼汉这样竭尽全力热火朝天地干活儿，心里很是高兴。他们早已经忘记，昨天差一点被饿死的情形，现在他们想的是："当将军可真是太好了——不论什么时候都不会没有活路。"

"将军老爷们，你们满意吗？"这时，懒鬼庄稼汉小心翼翼地问他们。

"我们十分满意，亲爱的朋友，我们看出你很努力。"两个将军回答道。

"那现在能准许我休息一会儿吗？"

"朋友，你休息一会儿吧！但是，在你休息之前，你得先搓出一根绳子来。"

庄稼汉立刻采了一堆野麻，放在水里泡了泡，又打了打，揉了揉，到傍晚的时候把绳子搓好了。两个将军便用这根绳子将庄稼汉牢牢地绑在树上，免得他跑了，自己则舒服地躺下睡觉。

过了一天，又过了一天，庄稼汉已经心灵手巧到用手捧着煮汤了。我们这两个将军被养得肥头大耳，兴致勃勃，又兴高采烈。他们开始说，这里供给膳宿，他们什么都可以享受现成的，他们在彼得堡的退休金越存越多了。

"阁下，您认为怎么样？巴比伦的摩天塔⑤是真有其事呢，还是只是个寓言？"一个将军吃完早饭后，问另一个将军。

"阁下，我想是真有过这种事的。要不，世界上有那么多种形形色色各种各样的语言，这怎么解释呢！"

"那么，大洪水也是真的发生过喽？"

"大洪水也是真的发生过，否则怎么解释太古时代的野兽们的存在呢？再说《莫斯科新闻》上刊登过……"

"我们现在来看看《莫斯科新闻》你看怎么样？"

他们又重新找出那份《莫斯科新闻》，坐到前面的树荫下，一版一版地看下去：在图拉，人们是怎么吃；在莫斯科，人们是怎么吃；在梁赞，人们是怎么吃；在奔萨，人们是怎么吃；——还好还好，没觉得恶心！

不知又过了多久，终于两个将军开始感到寂寞了。他们越来越常想起他们留在彼得堡的女厨师们，有时为此甚至暗暗落泪。

"阁下，现在在师爷街的家里，不知到底怎样了？"一个将军问另一个将军。

"阁下，别提了，我的心里难受极了！"另一个将军回答。

"这儿确实不错——真是没得说！可是，您知道么，小羊羔没有母羊的照顾还是不大舒服！再说，制服如果不穿未免可惜！"

"真的是太可惜了！特别是那四级的制服，光是看着那缝制的手工，都会让人头晕目眩起来！"

他俩于是开始逼迫庄稼汉送他们回到师爷街去！真想不到，原来庄稼汉都知道师爷街，而且他还去过那里，喝了蜂蜜啤酒，可惜酒顺着胡子流下去了，一滴也没喝到嘴里！

"那你知道吗？我们就是那些住在师爷街的将军！"两个将军喜出望外地高兴地欢呼起来。

"如果你们有看见过我的话——有时候，在房子外面，有个人站在一只用绳子吊着的大箱子里，正往墙上刷着油漆；又有时候，他像一只苍蝇似地在房顶上不停地走来走去——那人就是我！"庄稼汉回答。

接着，庄稼汉又说了不少没有用的话，想让两个将军高兴一下。因为承认他们看得起他这寄生虫，没有嫌弃他干的粗活儿，他又造了一条船——说实在的，那也称不上是船，只是一个大容器，人们可以坐在里面渡过海洋，一直航行到师爷街去。

"机灵鬼，你可给我当心点，可别把我们给淹死！"两个将军看见那条船在起伏不定地浪涛上摇摇晃晃，便担心地说道。

"两位将军老爷，你们就放心吧！我又不是头--遭干这活儿了！"庄稼汉说着，开始为启程做准备。

庄稼汉找来点天鹅绒，小心铺在船底。他请两位将军坐好后，在胸前默默画了个十字，就动身了。一路上，在遇到各种各样的雷雨和风暴的时候，两位将军受了多少惊，为此他们骂了他多少次，——这些都不能用笔墨来形容，也无法在童话里讲清。可怜的庄稼汉只是不停地划桨，还要喂两个将军青鱼吃。

终于到了慈母般和蔼的涅瓦河了！到了光荣的叶卡捷琳娜运河了！到了亲切地师爷街了！两位女厨子看见她们的将军变得肥头大耳、又白又胖，而且兴高采烈，都惊讶得举起两手使劲儿一拍！两个将军喝足了咖啡，吃够了加了牛奶、鸡蛋、黄油的松软地小白面包后，又穿上制服，乘车到官库去了。他们究竟在官库里捞了多少钱——这在童话里是讲不清的，也无法用笔墨形容！

不过，他们总算还没把庄稼汉给忘掉，他们派人给他送去了一小杯伏特加酒和五块银元——让他高兴高兴吧！

白　鹭

一

在那遥远的北方，冰天雪地的大海中的孤岛上，有位王国，这地方几乎长年累月笼罩着寒冷的暮色和云雾。这里的冬季很漫长，夏季却很短促，只有短时期蛮荒的岩石长满银灰色的青苔，然后积雪又把它们覆盖起来。

虽然这里绿树和鲜花很少，但是居住在这儿的人，都非常热爱他们的国家，热爱他们那辽阔的大海，热爱和珍惜每一个生命，包括小草；他们为田野里那些色彩暗淡单调的花朵感到的喜悦，远远超过那些娇生惯养的南方人从五颜六色的花圃中得到的快乐。所以，每当春季来临，阳光温暖大地的时候，国王总会举办盛大的民间节日庆祝会。从头年秋天起举国上下，就为这个节日做准备了，大家等候整整一个漫长的冬天，都急不可待了。

外国的王子们通常也被邀请来参加这个庆祝会。因为老国王的英明和仁慈，大家都很喜欢他，想学习他关心人、照顾人的本事，在这个国家别看冬季酷寒而又漫长，但人们的生活都是美好而轻松的。

国王有位美丽漂亮的女儿冰公主，她和父亲一样善良仁慈，总会帮助患病和不幸的人，国王对她这样的做法大加赞许。他经常告诉她，只有好心肠，才会得到真正的幸福，如果我们冷酷无情，那我们的幸福就会离我们越来越远。

喜气洋洋的夏天很快地过去了……寒风袭人的大海变得荒凉而阴沉。灰蒙蒙的大海，在寒冷刺骨的寒气的推动下，沉重地起伏着，有时澎湃汹涌，怒吼狂叫，有时又平息下来；有时浮冰相互碰撞磨擦，发出咯吱咯吱的声音；有时大海在咆哮，有时又突然沉静。但不论大海是在翻腾，还是在沉默，都无法让人信赖——它总是显得同样的冷漠和险恶。太阳已不再从灰暗的乌云后露面了，光秃秃的岩石上面匍匐着沉甸甸的浓雾……一切都显得沉静下来了。难熬的、漫长的冬天来临了。

冰公主每天都沉思着走到窗前，那是一扇高大的窗户，所以从那里望去，能够看见冻了冰的、铺满白雪的海岸；再往远去，便是那灰暗的海面，与同样灰暗而压抑的天空融为一色。

冰公主站在那里很久，回想不久前的夏天。她曾经编在自己的头发上的花朵去哪儿了？那青翠的绿草，晴朗而温暖的夜晚和愉快的歌声去哪儿了？……一切都被冬天抢走了，什么都没有留下。

"我亲爱的女儿啊，你在忧愁什么呢？"看到冰公主悲伤而若有所思地伫立在窗前，国王关切地问道，"你为什么总是望着大海？"

"我们的大海是残暴凶猛的，"冰公主冷冷地回答道，"它吞没了许多船只。我在担心那些很晚才动身离开我们的人。我在担心萨吉尔王子。"

"我的孩子啊，不要担心，"国王温柔地安慰道，"萨吉尔王子已经驶过了危险区。他的船现在已离他的故乡不远了。啊！多美的故乡，要是你能看见就好了！"

于是国王开始给冰公主讲南方的海，讲述萨吉尔王子的故乡，他想用这个办法消除冰公主的忧虑。

"现在不用等很久了。因为冬天过去，春天的节日一来临，萨吉尔王子就会马上回到我们这里来。给你带来他富有的祖国出产的一切东西——包括果实，宝石，金属，那时我们就会隆重庆祝你们的婚礼，使我的王国里所有人都不会忘记这天。我将对每一个人施予恩惠——从很小到极大！"

在一个寒冷的夜晚，冰公主走到窗口欣赏白雪茫茫的荒原。明亮的月光，把一切照得清清楚楚，像白昼。天冷极了，玻璃窗上蒙起一层细致精巧的冰花，有的像纤细的枝杈，有的像明亮星星和箭头。

冰公主看得出神。欣喜地想道：

"在我结婚的那一天，我将穿上跟我亲爱的祖国一样的服装：像雪一样的白衣，像大海一样灰暗的斗篷，再戴上像寒冬的冰花一样的细箭头编织的头饰，让它们像月光下的雪花似的亮闪闪地发光！"

第二天，冰公主下令做那套她设计穿的结婚礼服。宫廷的女裁缝开始制作像白雪一样的衣服；师傅们开始做像大海一样灰色的斗篷；但是，怎样制造像严寒的箭头一样的头饰，谁也不知道。

宫廷里面派出急使，到全国各地去找寻能做这种头饰的人，将给予厚重的奖赏，但是没人应征。谁也做不出这样一种头饰。

直到后来，一位长期在世界各地游历的老人，来求见冰公主，说他可以做这种头饰，只是必须花费相当长一段时间。

"在那遥远的南方，在一条大河的岸边，生活着许多的白鹭。"老人说道，"那儿的白鹭多极了，由于它们的肉不能食用，所以没人杀害它们，它们自由自在的生活。每年春天，它们的头上都会长出一个细长的、蓬蓬松松的白色凤头，细得像蜘蛛丝似的一撮柔软的羽毛。那地方的春天快要到来了，得赶快去，现在动身，到了那里，恰好可以赶上春天……"

"那你就赶快去吧！"冰公主用惊喜得放光的眼睛望着老人，欢快地说道。

"如果能得到白鹭的冠毛，在上面缀上小粒的发光的金刚钻，那正是公主想要的那种头饰，还好我们这儿的春天还要过很久才会来临。在这期间到那里去一趟，在你的婚礼前正好可以赶回来。"

"可是要怎么把冠毛弄到手呢？"容光焕发的冰公主兴高采烈地问道。

"为了得到冠毛，"老人带着一种神秘的悲凉的表情，朝冰公主俯身答道，"只是要弄死……一只白鹭……"

"弄死？"

公主垂下两手，难过地摇了摇头。

"这不行，"她低声反对道，"我不要这个头饰。"

老人行了礼，转身退出去了。

冰公主一夜没有睡。她知道，假如她同意了，她的父亲会多难过啊。但是这样的一个头饰，将会多么漂亮和光彩夺目啊！……

"白鹭……"冰公主回想老人的话，不断地回想，"它们的肉不能食用……没人伤害它们……白鹭相当多了……"

如果得到白鹭的冠毛，再缀上发光的金刚钻，那正是她所设计的那种头饰……

她想象着，到明年的温暖的春天，萨吉尔王子到来，雪白的结婚礼服，灰色的斗篷和严寒的冰花纤维的闪光头冠……

"只弄死一只……"冰公主喃喃道，"只弄死一只……"

渐渐地，冰公主觉得，即使是由于一个任性的刁钻古怪的愿望，弄死一只鸟，也并不像刚开始时她所感到的那样可怕了；反正鸟早晚也会死——早一点死去，或晚一点死，反正早晚都要死。但她的结婚礼服和头饰将多么的富丽堂皇啊！萨吉尔王子将会多么满意啊！冰公主那样穿戴起来，将会多么的美丽动人！

公主一次次地想着，越来越想要那套结婚礼服。这个念头折磨了她很久，最后她下定决心。第二天清晨，她将老人叫来，命令他动身。

春天很快就要来到了。

举国上下都在准备过节，这次的热闹盛况是空前的。国王为了对即将出嫁的女儿表示祝贺与祝福，极其大方地向人民大施恩典，全国一片欢腾，只有冰公主一个人默默不语，郁郁寡欢。

她早已后悔，早已懊恼自己没有经受住刹那间的诱惑。但已无法挽回了，她只好迫使自己尽量少想这件事。

春天来了草绿了，大海也热闹地喧嚣起来，各国的王子开始汇集到这里，但老人还没有回来。冰公主对此甚至窃喜，她看着自己的结婚礼服，已经考虑更换一个漂亮的头饰。

萨吉尔王子带来了一批出色的侍从和许多贵重礼物。民间节日和婚礼的好日子已经定下来了，举行庆祝典礼的工作已全部准备就绪。

但就在举行婚礼的前一天晚上，一条来自南方的海船驶入港口。过了一会儿，老人到宫里来了。他向公主施礼后，默默地献上一只包金的盒子。冰公主打开一看，不由得惊喜地喊出了声。

在黑天鹅绒上，摆放着一束展成扇形的极其精美的白色细枝，柔软得像绒毛，洁白得像雪花，隐约中见一粒粒金刚钻闪闪放光。无法再想出比这更像寒冬的冰花的东西了。这正是冰公主所期望的头饰。

"啊！真是太美了！"她不禁惊讶地欢呼道，"太好了！真是太漂亮了！"

但是，她突然默不作声了，片刻间闭上了眼睛。随后她心慌意乱地问道：

"你把它弄死了？"

"是的，公主，"老人平静地回答道，"我把它弄死，割下它头上的冠毛。我把它拿到一个大城市里去，那儿有人会做这种精致的活儿。这些羽毛之美，让所有的人都赞叹不已，许多年轻的妇女，商人，还有许多各行各业的人，都到我那儿欣赏这束冠毛，请求我把它卖给他们。但我说什么也没有同意。而是将这束冠毛交给一位这世界上最著名的师傅去加工，然后我把你的愿望讲给他听了。看，这就是他做的！"老人指着那光彩夺目的头饰，骄傲地说道。

"谢谢。"冰公主盖上盒子，冷冷地回答道。

她的双手一直在发抖。

第二天早上，无数欢天喜地的群众聚集到庆祝婚礼的地方去祝福新郎和新娘。所有的人手里都捧着鲜花拿着嫩绿的树枝，到处传出歌声和欢呼，向善良的国王致敬向美丽的公主祝福。

"我们善良的国王万岁！美丽的冰公主万岁！英俊的萨吉尔王子万岁！"

按照当地的风俗习惯，国王会当着全国老百姓的面，把女儿交给她的未婚夫，所以人们都在焦急而好奇地等待这一刻。

当公主走出来的时候，鸦雀无声，整个人群都惊住了。——因为冰公主实在太漂亮了！她身穿雪白的衣裙，外披铁灰色长袍，头戴光彩夺目的头饰，她就像周围的春天一样年轻而美丽。

为了欢迎她，奏起的音乐，发出的欢呼声和歌声，一束束的鲜花，形形色色的青草和五颜六色的苔藓向她的脚下抛撒过去——人们在抛撒着温暖的春天所赐予冰公主的祝福。

国王轻轻地牵着女儿的手，把她领到萨吉尔王子面前。

"我的孩子们啊，祝福你们！祝你们生活美满幸福，愿你们做善事，做有利于我们人民的事！"

喇叭又吹响了，热情洋溢的人们又欢呼着赞美和祝福国王和新婚夫妇。

举国上下热热闹闹地庆祝了一天一夜。夜里，所有的人都汇集到港口，那里停泊着一条国王的海船。这条船，从上到下用五颜六色的灯装饰着，波浪在灯光上反射和闪耀。大海上风平浪静，明亮的星星在春夜晴朗无云的天空上宁静地闪耀着，萨吉尔王子就要用这条船将冰公主从她的岛国载到远处的南方——他的国家去了。

二

自那开始，过了许多年。

冰公主迁居的那个地方，与她的故乡完全不同。这里从不下雪。淡蓝色的温暖的海水温柔地冲洗着布满葡萄园、果园和百花开放的岸边。在这儿生活比在北方更自在——这里的大海更美，天空更蓝，星星更明亮，歌声更无忧无虑。

但是，虽然冰公主的生活逍遥自在，家庭幸福，仿佛总缺少一种安定感。她思念故乡，她渴望见到年迈的父亲和子民。

初春时，冰公主终于收拾好行装，准备乘船出发了。她距离家越近，寒风越凛冽，越刺骨，笼罩在天空的雾越来越浓，天色也越来越灰暗。越往前走，天越冷。

此时此刻在她的故乡，离春天还很远。海里的冰才刚刚开裂，海岸上还铺着厚厚的积雪。但是，当冰公主看见这些她所熟悉的景象时，她激动的心欣喜而轻快地怦怦跳起来。

她的到来使国王多么高兴啊！

"我亲爱的女儿啊！"他说道，"我还以为活不到我们重逢的那一天了。我老了，体弱多病，我还一直担心，在死以前见不上你一面了。"

每天，国王都形影不离地和公主坐在一起聊天，仔细了解她现在的生活，并且把自己的生活故事讲给她听。

冰公主还住在她原来的那间闺房里，每当她就寝时，她总是回忆着她从童年时代起的全部生活，便感到心情好了一些，宁静了一些。

那是一个月黑风高的夜晚。

在这天夜里，冰公主怎么也睡不着了。她从床上爬了起来，走到宽大的窗边，向窗外眺望，从窗口便可以看到岸边光秃秃的岩石，岩石后面便是故乡的大海，这都是熟悉的场景。

"这里的春天也快要到来了，"冰公主面带微笑着想道，"冰已经开始解冻了……岩石上也快要长出青苔了……田野马上要变绿了……"

冰公主高兴地沉浸在自己童年和少年时代的欢乐回忆中，不禁想得出了神。她突然想起自己在这儿度过的最后一个春天，那时的她正准备做新娘；她也想到了那个寒冷的夜晚，那天夜里月亮也是这样，她也是从这个窗口向远方眺望，心里想着自己一定要穿上由祖国的颜色搭配成的结婚礼服。

"白色衣裙——像雪一样……灰色的斗篷——像海一样，绚目头饰——像闪闪发光的寒冷的冰针一样。"冰公主满面笑容地回忆着。

那时候，她是多么的年轻和轻率啊！

她也想起那个怂恿她弄死可怜的白鹭的残酷老人。此刻的她想起许许多多过去的事情。

过了不久，当冰公主在她的房间里睡着的时候，她忽然觉得有人在摇她的肩膀，唤醒她。

她便睁开了眼睛。

整个房间被月光照得亮堂堂的，床前站立着两只漂亮的白鸟，它们把长长的嘴朝向她的床头，用哀伤的大眼睛凝视着冰公主。其中一只白鸟的头上有一束漂亮的蓬蓬松松的由精致的白箭头组成的装饰物；另一只白鸟的嘴里叼着两朵星状的妖艳的红花，这两朵红花的花芯就像煤一样乌黑乌黑。

冰公主不由得打起了寒噤，迅速的抬起上半身，坐在床上，用吃惊的眼睛望向这两只白鸟。

"公主，这花给你，"白鹭将红花扔在冰公主的膝盖上，突然说起话来，"你把它们拿上吧。这红花，是由我们的弟兄们的鲜血长成的。公主！这花我们给你送来了！"

冰公主沉默了，她感到困惑不解和惑惧。

"以前，我们本来过着自由幸福的生活，"白鹭接着说，"要不是你下令弄死了我们当中的一只，把冠毛弄去给你做结婚头饰，我们现在依然可以过那种自由幸福的生活。由于我们这种冠毛在春天筑巢的时候，才能长出来。这冠毛也是我们结婚的头饰。公主，这你知道吗？"

冰公主羞愧地低下了头。

"是你，第一个下令把冠毛弄来做装饰品。就是从那时起，有许多猎人从各大城市到我们居住的地方，成百上千地弄死我们……我们只能千方百计寻找生路，可春天去弄死我们的猎人一年比一年多了，我们就越来越少了。公主，这情况你都知道吗？"

冰公主此时浑身发抖，一句话也说不出来了。

白鹭又接着说了下去：

"我们就这样被毫不怜惜地，也不加选择地打死了。就连我们筑巢或哺育孩子的时候，我们也会被打死。我们的弟兄们死的死，伤的伤，鲜血淋淋地倒在了地上，我们头上的冠毛被拔掉了，我们的雏鸟被活活饿死了……公主，这些你都没想到吧？"

那两只白鹭聚精会神地狠狠地直瞪着冰公主的眼睛。

"现在，所有的白鹭都被打死了……我们就要绝种了。我们俩是最后活着的一对了，所以我们飞过来找你，公主，我们飞来是要接你去看看的，你干下了什么好事。我们的弟兄们的血还没有凉，它们的尸体现在还躺在地上……飞过去看看它们吧！公主，快点飞过去看看吧！我们希望你能看到真相。这花，是用我们的鲜血长成的，它们具有些神奇的力量。公主，请你把这两朵花拿在两只手里吧。"

冰公主听从了这不容分说的威严的声音，她接过了一朵红花，立刻感觉到自己的背上生出了一对翅膀。当她接过去第二朵红花时，她就变成了隐身的。

"咱们起飞吧！"白鹭说道。

空中仿佛刮起龙卷风似的。远远地，在下面的什么地方，大海在怒吼和咆哮着，狂风打着呼哨；大地也时而闪现，时而旋转；有时像一条彩虹忽然出现在天上，而有时又雷声隆隆……

"瞧瞧这个城市吧，"冰公主听见这样的话，"这就是世界的中心。"

于是冰公主低头看见在自己脚下有着一座极大的城市，闪烁着无数的灯火。

三个隐身旅客就降落到这座城里。

在一条人烟稠密而宽阔的大街上，行人匆匆忙忙，熙熙攘攘，车水马龙，人声不绝。一群衣着华丽、无牵无挂的人们，挤在一个商店门前，眼馋地望着里面的大橱窗，那里面在一块黑天鹅绒上缀着一些娇贵的白色羽毛，在羽毛上缀着发光的金刚钻，被那隐形灯光照亮着。

"太美了！真的太好看了！"盛装的人群中赞叹道。他们便争先恐后地开始抢购这种用羽毛制成的装饰物。

公主心里想道：

"这是我的头饰吧……"

"公主，你看见了吧，"白鹭说，"你看见你的新发明是多么的成功了吧？大家都很喜欢！……不过，等你飞到我们那儿去看看，你就知道这种欢乐的代价了。"

空气又旋转起来了。耳边只听得呼呼地响声，周围是一片漆黑。冰公主感觉自己又迅速地向上飞去。她穿过旋风和乌云，在伸手不见五指的夜里，越飞越远。

当黎明到来了、火球般的太阳从地平线上升起了的时候，他们看见自己的脚下，是花草树木繁茂的平原和正在涨水的宽阔河流的岸边。他们便开始慢慢地下降了。后来就贴着河面飞行。美好的春天的早晨在四面放出异彩。

高大的树木上开满艳丽的花朵，散发出阵阵甜丝丝的浓郁的芳香——冰公主从来没见过这种花。那蔓生的植物缠绕在粗大的树干上，彼此盘绕在一起；到了树顶，便从一棵树搭到另一棵树上；下面则是清香扑鼻的百草，铺成了一条杂色斑驳的地毯；岸边丛生着高高的芦苇里，发出了柔和的歌唱般的沙沙声；到处洋溢着春天的气息，充满了生机和欢乐。

"这里便是我们的故乡了，"两只白鹭说道，"公主，你看见我们这儿的春天是多么美好了吗？你听见河水那温柔的激溅声和芦苇那柔和的喧嚣声了吗？你看见我们这儿的鲜艳芬芳的百花和灼热的太阳了吗？"

"是的，"冰公主回答道，"我从来没有见过这么美好而有生机的春天。"

"你又看见了吗？喏，在那边，在芦苇间、在花丛中、在草地上，喏，还有那边，在树底下、草丛里，还有这边，就在整个河岸上，到处，不管你往哪儿看，地上都会有一堆堆的白絮，你都看见那些白絮了吗？"

"是的，我是看见有一堆堆的白絮。"

"那些不是白絮，公主……那些都是白鹭。它们都是被人打死了，就为了弄到它们头上的那冠毛……"

冰公主沿河岸隐身飞了过去，不管她的视线投向哪里，到处都是头上鲜血淋淋的雪白的尸体，看得冰公主胆战心惊的。

"天啊！太可怕了！"她惊呼道。

成千上万只的白鸟躺在茂盛馥郁的草地上，其中还有许多早已死去，有许多才刚死不久，还有许多的鸟即将咽气，它们张开长长的嘴，默默地望向冰公主，忍受着濒死前那痛苦的煎熬。

"这就是你的头饰的代价啊，"冰公主又听见这样的话了，"我们都被打死了，我们的孩子活活地被饿死了。"

冰公主开始仔细看着周围的树木，希望可以找到一个活的生物，希望在这片盆地里可以听见一只活鸟的叫声，可是她看到的只是一片破烂景象和躺着死幼鸟的空巢。

"公主，不久前，在我们这里还到处能听到欢乐的叫声，到处可以传出生活的音响。也就是前一阵，发出了最初的几声哀号和呻吟。到昨天，空中充满了最后的几声痛苦的呼喊，而今天——一切都已静下来了：是死亡来临了……除了死亡之外，你还能听见什么呢，看见什么吗?"

冰公主惊骇万分，心慌意乱、绝望地地不知该逃向哪里，才能避开由自己的轻率的任性行为的牺牲者，才能不听见良心的责备。她终于明白了，她其实并不是像老人所说的那样，只害死了一只鸟，而是让这种鸟全部绝种了。尽管她使出全身力气想解脱，拼命地挣扎着，忽然，她自己挥动了一下翅膀，就独自飞走了，身边已经没有那两只白鹭的陪伴，她以难以置信的速度向前飞着，不过不是向上飞，而是飞进了一个黑洞洞的无底深渊。她只感到两眼一阵发黑，便晕过去了。

……冰公主醒来的时候，躺在自己床上。

她没能马上从压在心头的恐怖中清醒过来。仍然觉得自己可以听见芦苇的沙沙声，看见河水、鲜花和一堆堆的白絮。

"那是个梦!"她终于明白了，便轻松地吁一口气，"谢天谢地，这只是个梦而已。"

但冰公主起床的时候，面色苍白，几乎病倒了。她久久不能安下神来。她在宫里长时间地踱来踱去，不知道躲到哪里，才能摆脱那些沉痛的回忆和想法。她自己感到羞愧难当，同时也觉得愧对她的父亲，因为她没有对他说过实话。后来她又为自己那远在海外的家庭担心起来。有一刹那，她想象自己并不是冰公主，而是一只白鹭，而这只白鹭的孩子们就因为某个人想打扮得漂亮一些，而活活地被饿死了……

"可怕! 可怕!"冰公主心寒胆战并又愤慨地低声说道，"可怕! 可耻!"

"我要回家了，"她向父亲说道，"别留我啦，我一天也呆不下去了。请您吩咐准备船只吧。我心里难过极了，我为我的孩子们担心得不行了。"

于是冰公主把自己做的那个噩梦讲给父亲听，并且忏悔自己干了一件坏事。

老国王听完她的话后，低下头去，悲伤地并用责备的口吻说道：

"是的，冰儿，我没想到你竟然会骗我。"

他开始讲给她听，他早已听说这件事，人们为了做装饰品，在残杀白鹭，他早已经在为这件事情义愤填膺。他告诉她，她的梦实际上就是真相。

"真相？"冰公主大吃一惊地问。

"可悲的真相！"国王回答道，"鸟被毁掉了，人也贬低了自己的身份。"

冰公主要求父亲教她，怎样才能赎罪和改正自己的错误，但是国王却回答道：

"已经做过了的事情，不论怎样表示后悔，也无法改变那件事情了。而悔过只能使心灵纯洁，使自己变得更老练一些，以便抵住新的诱惑。但是，已经过去的事情，是无法补救了的。"

"我向你发誓，"冰公主高呼着，"我这辈子永远不会再做任何一件坏事！"

"这还不够。仅仅不做坏事是远远不够的——应该多做好事。只有不断地做好事，才会感到幸福和舒畅，"国王将他的瘦骨嶙峋的手放在冰公主的头上，并温柔地抚摸着她的头发，说道，"世界上的苦难已经太多太多了。假使你伤害了一个最微不足道的人，那你也是在扩大并增加世上的邪恶。人的使命完全不应该是这样的。"

第二天清早，国王送冰公主启程回去。她的神色庄严，一言不发。那年春天，当以年轻美貌自豪的幸福的冰公主启程到新的国家去过新的生活的时候，船上张灯挂彩，摆满了鲜花。但这一次，船上既没有彩灯，也没有鲜花。那个时候，她只考虑个人幸福，她认为人人都在分享她的快乐。如今她是孤孤单单一个人回去，心情沉痛，但是现在她考虑的已是大众的幸福了。所有人都应该是幸福的，世上的一切都应该是美好的。她是回到她家庭和人民所在家里去。人民有许多痛苦的事，她决心帮助他们解除痛苦。她慢慢忘记了自己和自己的欢乐。

"别了，我可爱的女儿！"临行前，老国王对冰公主说，"这次你带回去的仁慈和与人为善的美德，将会你永远幸福！"

船离开了岛国，在滚滚的浪涛之上，驶进雾茫茫的大海。冰公主仍然沉默而严肃地站在甲板上，心里充满了对美好未来的希望。但她所想的，已经不是她自己的未来，而是人民的未来。她盼望着快点回到家。到家以后，她会开始在人群中间过一种完全崭新的、内容充实并且有益的生活……

霞公主

一

柯萨尔王狩猎回来。这次出猎非常顺利，柯萨尔王非常高兴。他骑在马上，放松缰绳，边走边东瞧西望，一边还吹着口哨。

"周围没人比我更有威力了。也没人比我更聪明、更自由自在的了。我想吹口哨，就吹口哨；我乐意判处别人死刑，就判处别人死刑；我想要干一件大事，就干一件大事。"

他骑马走在林中小路上。

走在前面的是猎犬、驯犬人和保镖，站在两旁的是卫兵骑士，猎人和赶车的拉着各种各样的好东西殿后。到了树林中间，他们突然遇见了一个擅占星术的白发苍苍的干瘪老隐士，据说他可以预知未来。

老隐士向柯萨尔王预言，世上马上就会出现一个人，这个人比柯萨尔王更聪明、更有威力。他会先占有柯萨尔王的独生女，一年以后再占领柯萨尔王的整个王国。他并不会将领土据为己有，而是和所有的人平分。

柯萨尔王很不喜欢听这样的预言。他对隐士一言不发，只是骑马离开了，就好像什么话也没听见一样。他继续往前走，心里不停地想："也许会出现这样一个人……不过，他可以从我这儿带走他那疯狂的脑袋吗？"

于是柯萨尔王开始想，怎么摆脱那些想占有他女儿的人。谁也不可能使武力占有她，因为柯萨尔王有足够的力量对付这种行动。他也许会通过结婚的办法来占有她，正好她也到了结婚的年龄，正在等着从四面八方来的青年男子向她求婚。柯萨尔王的爱女霞公主长得十分漂亮。她那倾国的容貌，连柯萨尔王自己也前所未见，前所未闻——他的女儿霞公主就是这么美丽！

柯萨尔王刚回到家里，还没有来得及安排一切，家人就向他报告，来了三个年轻男子，一个比一个英俊，一个比一个高贵。他们都是来办事的，他们只想与柯萨尔王单独谈话。

"喏，求婚的人说来就来了啊！"柯萨尔王不满地想道。

柯萨尔王恨不得凭一时的火气把他们赶出去，但是又转念一想，这样做不太妥当，而且也不妨看看他们是否真的像隐士说的那样聪明——比柯萨尔王还要聪明！……明天，他也能客客气气地把他们送走，因为柯萨尔王他是个聪明人啊！

柯萨尔王彬彬有礼地接待了三位年轻的客人，并且请他们饱餐了一顿，然后问他们来的原因。年轻的客人们坦率地回答，他们是来向他的女儿霞公主求婚的。不过，他们来了三个人，所以想请柯萨尔王挑选一个称

心如意的女婿。如果他自己不想挑选，那他们三个人就来决斗一番，一直
打到只剩下一个活的为止怎么样？

"我想这样！"柯萨尔王回答。心里暗自想道："唔，看来这三个人都
不怎么聪明！让他们先厮杀一阵，再看结果吧！"

三位客人在花园中选了一块空地，并且定了个决斗的时间。过了不多
一会儿，柯萨尔王派人去了解情况。

那人回来报告说，已经死了一个，现在还剩下两个人了。

柯萨尔王等了一会儿，然后又使人去探听，情况怎么样了？

"第二个人也刚被打死了。只剩下一个人了，不过这人也瘸了，脸上
都是窟窿，一只胳膊也被打断了。"

"那么，你就告诉他，柯萨尔王感到很惋惜，但是他不会要一个瘸腿
的，而且还满脸是窟窿的女婿。"

第一次，柯萨尔王就摆脱了这三个求婚的人。

二

过了不久，新的求婚者又来了——这下子来了五个人。柯萨尔王不由
得心慌起来，心想：

"一旦他们五个人之中，就包括那个比我更聪明、更有威力的人该怎
么办？我怎么办呢？"

柯萨尔王把五位求婚者又都请进来，请他们饱食一顿，然后说道：

"不久前，有几个很出色、很勇敢的年轻人到我们这儿来。他们决定
决斗一场，让最后活着的那个人求亲。"

柯萨尔王本以为五位客人会马上火冒三丈，拾起宝剑，打成一团。但
是，五位求婚者心平气和地回答道：

"那一桩事，我们听过，听过。不过，您要知道，战斗可能会让人变

成瘸子，瘸腿的女婿可不是谁都会喜欢的。"

柯萨尔王咬着胡子，坐在那儿，边想边打量着这五个求婚者。他看出这几个人不如头一次来的几个人那么傻。因此他着急了。心想：这次可躲不过去了。他们之中一定存在那个可怕的聪明人。我该怎么办呢？用什么方法给他们吃闭门羹？

"你们都非常好，非常高尚。"柯萨尔王向他们说，"你们每个人都很年轻，很勇敢，个个英俊潇洒。现在我怎么分辨你们谁最好，谁最配做我的女婿呢？不通过决斗，我是无法决定的。所以，我也就没有办法把我的女儿霞公主嫁给你们之中的任何一个人。"

但是这也没难住那五位求婚者。他们就这样回答柯萨尔王：

"如果你不能决定谁来做您的女婿，那就让您的女儿——美丽的霞公主来挑选吧。她看中谁，就让谁当她的新郎吧。"

"你们居然能想出这种办法来！"柯萨尔王于是勃然大怒，"哪儿也没有这种规矩，我们这儿也不可能有这种规矩！"

"那就让我们抽签吧。谁如果走红运，谁就当新郎。"

"真是叫他们缠住了！"柯萨尔王想道，"好吧！我叫你们看看你们到底走什么运。你们一定会心满意足的！"

柯萨尔王大声向他们回答说：

"好。按照你们的意见办吧。碰运气就碰运气吧！"

五个年轻人非常高兴，心想：反正他们之中一定有一个人会成为美丽的霞公主的新郎的！他们站起身来，大声说起话来。他们激动得两颊通红，神采奕奕的，要不是柯萨尔王想到还要补充一个小小的条件，他们不知还会乐成啥样呢。

"我们啥条件都同意！"他们甚至还没听清是咋回事儿，就预先拿定了主意。

条件却是这个样子的。要知道，国王的女儿不是一袋大米、不是一堆干草，也不是羊群里的一只羊，可以用抽签的方法来获得的。这样做，柯萨尔王将会失去邻国国王们对他的尊敬。邻国的国王们会说：他仅有一个女儿，还不能好好把她嫁出去。所以，命运归命运，体统归体统。

"但是，我的朋友们，你们这样做，是要付出非常高代价的。喏，头一批求婚者能够不惜牺牲自己的性命——他们自己决定决斗。因此现在我决定这么办：谁想抽签，他就面临两种可能性——或者，娶霞公主为妻；或者，丢掉自己的脑袋。否则，在邻国国王们面前，我将感到不光彩！"

五个年轻人头脑正发热呢，没有意识到危险性，就轻率地答应了。

决定第二天抽签。

在陡峭的高高的河岸上，就在悬崖上面，搭了个台，台上铺了大地毯，张灯结彩，还摆上了鲜花。台旁还支了三个帐篷——中间有一个金色织锦缎帐篷，是专为柯萨尔王支的；左侧的银色织锦缎帐篷，是专为宫廷的证人支的；右侧的七色帐篷，是专为求婚者们支的。在帐篷后的草地上面，圈出一块半圆形的地方，给卫兵、客人和观众落坐用。在河上峭壁的那个方向，放了一只孤零零的红板凳，那是给刽子手坐的，为的是让每个人都能看见，大家聚集在这儿不是闹着玩的，而是干一件非常严肃的事。要让每个求婚者都知道，他的前途是啥样的：要么结婚，要么一个倒栽葱从悬崖上跌下去！

三

到了约定的时间，喇叭吹起来了，全体与会的人员开始陆续来到会场上到达各自的地方。台上放了一张桌子，桌子上放了一只金碗，上面蒙了一块布。刽子手到达台前的红板凳前坐下了，这是个以前当过强盗的身强力壮的很棒小伙子，这会他把袖子卷得老高老高的，衬衫领子是敞开着的。在坐下之前，他用一只脚踩了踩一条又宽又长的木板，那块木板一头搭在台上，另一头在一根粗圆木上摇滚，就像是晃晃悠悠的天平或秋千似的。刽子手试了试那块木板，才放心地坐下了。

喇叭又响了。公证人走出来，庄严地走上台去，鞠了个躬，高声宣布：

"按柯萨尔王的命令，只在这只金碗里放了两颗石子。这两颗石子完全相同，只是一颗像露珠似的很洁白，另一颗像血似的很鲜红。谁要是抓到白石子，柯萨尔王就把美丽的霞公主嫁给他；谁要是抓到红石子，那可别生气，当场刽子手就将他从这悬崖上推下河底。假如有人想求婚，那就挨着个儿来碰碰运气吧。柯萨尔王从来不强迫任何人的。不过，谁要是走上来从金碗里抓石子，那就按照刚才说的办！"

喇叭又响了。从七色帐篷里走出来一个身穿着节日服装的高个儿青年。他走到台前，冲公证人说道：

"我想要碰碰运气！"

"来吧！"公证人回答。

青年走上台去。刽子手从另一面也走上台了。观众的心跳得更加厉害了。

公证人和刽子手使得青年站在木板的末端，于是木板不再晃动了。刽子手手拿着沉甸甸的铁链子从一边走到青年另一边，公证人捧着金碗从另一边走到青年身旁。刽子手首先把铁链套在这求婚者的脖子上面，然后将铁链交叉绕在他的胸前，在背后打了一个结。公证人把金碗送到他跟前，轻轻撩起蒙着的布，让他只能伸进去一只手。

"要么，你走红运；要么，你死亡。"他不动声色地冲青年说，"快抓吧！"

"当然是走红运啰！"青年满面春风地扬声说，接着眯起了眼睛，把半截胳膊伸进金碗里去抓那颗命中注定不祥的石子。

当他的手在盖布下从金碗里抽回的时候，所有的人全都屏住了呼吸。

等他拿出了手，张开手心看的时候，脸刷地变得惨无血色，两只眼睛好像停滞不动了似的。

在他的手掌里有一颗红彤彤的石子。

他还没来得及说话，公证人已经把盖布朝刽子手挥舞了一下。只看见刽子手使出全身力气将木板的一端一推，这时身缠铁链的青年，还没来得及喊出声，就从悬崖上跌落了下去，直接落进深深的河底，只是刹那间在水面上出现了一个大漩涡，说明他落下的地点。

阳光普照，百鸟在四周啾啾地叫着。喇叭又吹响了。

另一个年轻人也走出七色帐篷，向公证人说：

"也许我会比他走运哦。"

公证人把红石子放回了金碗里，回答道：

"可能你比他走运，可能你也不比他走运。快抓吧！抓完，我们就明白了。"

第二个青年的遭遇同第一个青年相同。

当喇叭又召唤性地响起时，剩下的三个青年同时走出七色帐篷，向柯萨尔王说，抽签太浪费时间，今天他们没有工夫了，下一次他们再来抓石子吧。

柯萨尔王对自己想出的新花招很满意，整个晚上都在自言自语道：

"柯萨尔王实在了不起！……太聪明了！……"

四

以后就按照这个办法办了。只要有人来求婚，就向他宣布条件，于是他要么趁还没丢掉性命之前，赶紧头也不回地逃走，要么抽完签之后死在悬崖下的河里。谁也不能抓到白色的石子。

"占星家，怎么样啊？"柯萨尔王喜不自胜，暗暗得意着，认为战胜了那个隐士，"你给我算命的时候，也许看错了天了。你可能不是根据星相给我算的命，而是根据放在烤炉里做菜的砂锅算的是吗？"

可是美丽而开朗的霞公主越来越心烦。她很心疼那些为了她而轻率地死去的勇敢青年；再说，她孤单单地整天和老婆婆、老妈妈、侍从丑角、侍女等人在一起，也觉得非常寂寞。

霞公主整天愁眉不展，什么娱乐活动也不会引起她的兴趣。乳母鲁凯丽娅想尽一切办法使霞公主开心，最后她把两个弹古丝理的歌手带进宫里去了。这两个歌手，其中一个又老又瞎；另一个是给他引路的，虽然年纪很轻，但是驼背，就好像在衣服底下驮了一大袋燕麦一样。这两个歌手迷了路，不过歌唱得非常好，他们答应唱悲哀和愉快的歌，唱多少支都可以。鲁凯丽娅将他们俩带进宫里，并请他们坐下，给他们喝了点水，接着请霞公主去听他们唱歌。

他们唱的歌曲妙不可言，有的仿佛是如泣如诉的悲歌，有的甚至使人眼里会涌出泪水，可是心里却感到舒畅和轻松。这真非常奇怪！……当他们唱愉快的歌曲时，所有人都会手舞足蹈、抖动肩膀起来……

霞公主非常喜欢这两个弹奏古丝理的人。

她要他俩明天再来一次吧。

临走前，当驼背给鲁凯丽娅讲笑话的时候，逗她乐的时候，瞎老人给霞公主唱了一支非常特别的歌，听得她惊讶不已。那支歌讲到了一个勇敢的青年，打扮成衣衫褴褛的瞎子，携带着古丝理，走进了一个美人儿的家里面，为了看看她那美丽的容颜。他看见她后，立刻爱上了她，决定一辈子都喜欢她，第二天就到她父母那儿去求亲。后来他们真得很幸福，一直到死都非常幸福。

霞公主真不知该怎样想才好了。

两位歌手行了礼，慢吞吞地走到牲畜棚里去过夜了。他们答应霞公主，明天再去唱几支歌的，让她开心一阵子。

他们走了后，霞公主还在想，但怎么也想不出个头绪来啊。所有人都就寝之后，周围万籁无声，霞公主推开了通向花园的小窗，外面是静悄悄的芳馨温暖的夜色，她长时间地站在窗前倾听夜莺啼啭，心里想着某件无法实现的事，不断地轻轻长吁短叹。她觉得自己就像在睡梦中，这一切都发生在梦中，实际上啥事情也没有——没有那个瞎老人，也没人唱过那支歌颂幸福的青年的歌……

五

第二天早晨，两位弹古丝理的歌手果然又来了。当时花园里一个人也没。乳母鲁凯丽娅坐在那里织袜子，霞公主要瞎老人将昨天那支歌再唱一遍。

古丝理弹得很响了，老歌手唱了起来。

霞公主感动得快要哭出来了。这时她突然发觉，瞎歌手竟然正在用两只年轻快活的眼睛看着她，后来，他把白胡子拉掉了，摘下围着一圈白发的帽子，对她耳语道：

"美人啊！……霞公主啊！……给我幸福吧，做我的未婚妻吧！做我的爱人吧！"

霞公主红着脸作为回答。她的心、她的手脚都在发抖……她甚至不相信自己的眼睛了……

鲁凯丽娅觉得很奇怪：为什么歌声停了？她抬起眼皮一看，不由得狂声喊叫起来：

"我的爹呀！……强盗啊！大骗子啊！"

但是霞公主赶紧停手捂住她的嘴说：

"轻点！轻点！你怎么啦，老妈妈！难道说，你想让两位年轻的歌手送命吗？"

鲁凯丽娅这会儿真不知怎么办好了。要是大声嚷起来——这两位青年就不能活命了；要是不吱声——那她自己就被毁了。吓得她好不容易才喘上气来。

霞公主却还在一个劲劝她：

"好妈妈，别叫嚷！同情同情这两位年轻人吧！"

驼背歌手第一个醒悟过来。他又大声弹起古丝理，唱起一支快活的歌，仿佛谁也没有遇到什么事似的。

"你们赶快走吧！赶快走吧！免得发生不愉快的事！"鲁凯丽娅低声说，她急得简直快要窒息了，"你们快走吧，别在我眼前晃悠了！你们一定得走了！"

两位歌手走了。但是，他们没有马上离开，在走之前，他们向鲁凯丽娅许下愿望，说不久的将来就求婚，那时肯定送给她一份厚礼，等结婚之后，他们会爱她，尊重她，千方百计地对她表示敬意。

"还结什么婚呀！"鲁凯丽娅这样对他们说，"或许你们还不知道柯萨尔王的条件吧？"

"我知道柯萨尔王的条件啊！"刚才装瞎的那个歌手高声说道，"但是我相信自己是幸福的。美丽的霞公主将会成为我的妻子。如果不能如愿以偿，那我真得也不想活了！"

霞公主也开始劝他不要抽签，因为所有人抓到的都是死亡，没有别的。

"小伙子，自爱一点吧！不要来向我这不幸的人求婚。"

霞公主说完了这句话就哭了，她一边哭一边说：

"我将永远不会忘记你的!"

不过无论怎样劝小伙子放弃求婚的念头,但他也不同意,他连听都不愿意听这种话。

"霞公主,你肯定能成为我的爱妻,肯定会的。我决不会把你让给任何人。我一定能抓到幸运的石子的!"

霞公主痛苦到了极点。同情使她心如刀割。因为这青年肯定会白白地送命啊,他决抓不到白石子的。为什么呢?……因为柯萨尔王放在金碗里的两粒石子都是红色的,不管拿到哪一粒石子,反正同样都得死。

半天她也不能下决定把这话告诉青年。说生身父亲的这种话,好难出口呀!……她又难过,又害怕,但是最后还是决定把这件事告诉青年了。

"两粒石子都是红的?"青年发起愁来了,疑惑了一会儿,心想:这可怎么办啊?

后来,他忽然提高声音说:

"那样也许更好!"

大家都惊奇地望着他。他又用肯定的口气说:

"如果两粒石子都是红的,那我就可以非常肯定地说:霞公主,你一定会成为我的未婚妻的!"

他高兴得年轻的面孔容光焕发,就像听到的不是一个可怕的消息,而是最好的喜讯一样。

"明天见吧,霞公主!……明天见,亲爱的鲁凯丽娅好妈妈!别忘了你们的忠实的、幸福的彼列雅斯拉夫!"

他说完了这句话,两位弹古丝理的歌手便马上地走了。

六

集合的喇叭声又在陡峭的河岸上响起来了。

　　柯萨尔王坐在他的金帐篷前，时不时朝台上望上一眼。公证人手捧着金碗，刽子手拿着铁链子，站在台子上。在悬崖下面，宽阔的河水哗哗地奔流着，那是所有来向公主求婚的年轻人的坟墓。一群白鸥在河的上空飞翔着。头顶上面是蔚蓝的天空，阳光普照着，周围充满了生机和乐趣……

　　彼列雅斯拉夫从七色帐篷里走了出来。他是那么的年轻，那么的体态挺拔。他身上穿着朴素的旅行服装，淡褐色的头发一鬌鬌得披在肩上。他长得非常英俊，喜气洋洋的。他胸前别着一朵白色的香花，这朵香花是霞公主派人给他送去的——为了祝他幸福。他后面跟着他的忠实的朋友，那个化装的驼背歌手，也是个体格匀称的英俊青年。两人走到台旁就停住了脚步。彼列雅斯拉夫上了台。今天柯萨尔王这里来了很多贵宾，就连邻国的国王和王公都派来了使节。柯萨尔王的金帐篷里今天还有妇女——有面如土色的霞公主和鲁凯丽娅妈妈。今天霞公主的心仿佛白杨叶子似的抖个不停，她害怕得呼吸几乎都困难了。

　　霞公主目不转睛地看着金碗和手捧铁链的刽子手。当彼列雅斯拉夫走过去时，她已经啥东西也看不见，啥人也看不见了。她吓傻了，浑身抖着……她相信彼列雅斯拉夫，同时也知道这会儿金碗里根本没有白石子。彼列雅斯拉夫究竟想出了什么主意呢？他怎么能免去那无法避免的死亡呢？——霞公主不理解。因此她在等待灾难临头了。她的心都快要碎了。这时，刽子手已经把铁链子缠在青年身上了，免得他逃脱。

　　"要么，走红运；要么，死亡。"公证人不动声色地说，将金碗推到彼列雅斯拉夫面前了。彼列雅斯拉夫把手伸进金碗里。

　　一切都停止了，等待着结果。

　　所有人的视线都集中在彼列雅斯拉夫身上了。只见彼列雅斯拉夫正在朝着霞公主的方向望着，脸上带着明快的微笑。

　　现在，他的手缩回去了。生米已经煮成了熟饭，没有收回的余地了。

霞公主刹那间似乎停止了呼吸，她感到两腿发软了。

彼列雅斯拉夫高高地举起了那只攥着抓到石子的手。在沉默和肃静中响起了他的果断的声音：

"我对自己的幸福深信不疑，所以我瞧也不用瞧这粒石子了！"

他一边这样说着，一边一挥手把石子扔进河里了。

"你抓到的是什么颜色的石子啊？"公证人惊慌失措地大声喊道。

"当然是白的石子啰！"彼列雅斯拉夫高声喊，"我永远是走运的那个。你快看看碗里剩下的石子是什么颜色的呢？剩下的那一粒，应该是红的。"

石子从碗里取出来了。在取石子的时候，仿佛所有人都不喘气了，连柯萨尔王都差一点背过气去了。

"瞧！"彼列雅斯拉夫眉开眼笑地扬声说道。

公证人把取出的石子放在手掌心上，大声向全体与会者宣布：

"剩下的，是红石子。"

这回答真得引起了雷鸣般的掌声。宫廷的见证人们也在鼓掌，邻国的国王和王公派来的使节也在鼓掌，观众和侍从武官们兴高采烈地欢呼和跺脚，贵宾们也在鼓掌。柯萨尔王坐在那里，两眼发愣，好像什么也不明白了。他瞅瞅左边，又瞅瞅右边，只见所有人都是欢天喜地地。他知道现在已经没有办法了，——还真被那个该死的占星家说中了！

霞公主马上扑到父亲怀里，抱住他的脖子，兴高采烈得痛哭流涕，一边哭着一边吻。

刽子手把铁链子解下来，哗啷啷地扔在台上了。

彼列雅斯拉夫在一阵鼓掌声和喇叭声中走下台去，径直走到了霞公主面前，拉住她的手，并向柯萨尔王大声地说：

"尊贵的柯萨尔王，请当着全国人民的面答应我，您愿不愿意将可爱的霞公主嫁给我呢?"

周围又安静了下来了。于是所有的眼睛都盯住了他们三个人。

柯萨尔王摘下他的帽子,挠了挠后脑勺,默默地将两只手放在了彼列雅斯拉夫的肩膀上,和他接了三次吻。趁接吻的时候,他不想让别人听见,小声对彼列雅斯拉夫说:

"我的好女婿啊! 你心眼儿可真好呀!"

在接吻的时候,彼列雅斯拉夫也小声回应他说:

"父亲,你也是够聪明的啊!"

事情就这样地结束了。

订婚宣布了,并且宴请了很多客人。没多久又热热闹闹地举行了盛大的婚礼。霞公主认为世界上没有人比她现在更幸福的了。柯萨尔王对女婿也十分满意,但是当他想到这位女婿的"名望"超过世界上最聪明人的时候,不免感到不服气。

有一天,柯萨尔王狩猎之后,又遇见那个原来占星家。占星家对他说:

"要不然,他怎么能叫彼列雅斯拉夫呢! 你就等着瞧吧,他超过你的还不仅是这个! 一切都有自己的好时候啊!"

柯萨尔王回答他说:

"这,你是依据放在烤炉里做菜用的砂锅算出来的,不是依据星相推算出来的!"

但是,他闷闷不乐地回到了家里,整晚上挠着后脑勺唉声叹气的,夜里也没有睡好,一个劲儿想:"嗐! 你这个坏蛋占星家! 唔! 你这个狗兔崽子,你给我预言出了一些啥事呀!"

卡希旦卡

一　不乖

一只小狗——淡红色的毛色，一种"护院狗"之间的杂种狗——长得很像狐狸，在人行道上跑来跑去，不安地瞧着道路的两旁。它有时站住、有时哀号，一会儿举起这只冻僵的爪子，一会儿举起那只冻僵的爪子，心里想着：这是怎么回事，我竟然迷了路啦。

它清清楚楚地记得这一天是怎样度过的，如何到头来却发现自己在这条不熟悉的人行道上站着。

这样的一天是这样开始的，它的主人路卡·亚历山德里奇戴好帽子，拿起一个木头东西用红头巾包好，往胳肢窝底下一拿，喊道："卡希旦卡，快跟我走！"

卡希旦卡一听见自己的名字，就从工作桌底下钻了出来，它原本是睡在桌子底下的刨花上，这时大大地伸了个懒腰，跑过去，屁颠屁颠地跟在它主人的身后。路卡·亚历山德里奇替许多人家做工，那些人家都住在很远很远的地方，于是，在走到那些人家之前，他有好几回走进酒店去给他自己加点酒。卡希旦卡回想自己在一路上的举止非常不像话。它因为被主人带出来溜弯儿，不由得高兴起来，跳跳蹦蹦，一会儿追电车，一会儿跑进别人家的院子，一会儿追逐别的狗。木匠常常因看不见它，只好停住脚步，生气地叫它。有一回他甚至表现出气冲冲的脸色，揪住它那狐狸样的耳朵，打骂它，还使劲地说："叫瘟疫拿了你的命才好，你这可恨的小东西！"

路卡·亚历山德里奇从工作地方出来以后，走到他妹妹的家里，喝了点什么，吃了点东西；从妹妹那儿出来后，他又去看望了一个他认识的书籍装订匠；从书籍装订匠那儿出来后，他又走进一家酒店；从酒店出来后又到另一个好朋友家里，等等。总之，直到卡希旦卡发现自己站在那条不熟悉的人行道边上时，天已经灰黑了，木匠醉得跟鞋匠一样。他摇晃着胳臂，喘息着，含糊不清地说：

"我妈生下了我这么个孽障！唉，罪过呀，罪过！眼下，我们在大街上边走着，边瞧着街灯，可是等到我们死后，我们就要埋在烈火的盖海纳里头了。……"

再接着，他就用温和的语气把卡希旦卡叫到跟前来，对它说："卡希旦卡，你啊，在动物里头，只能算是个小虫子，不能算是别的生物。你跟人相比，就如同粗木匠跟细木匠相比一样……"

就在他正在这样跟它说话的时候，忽然传来一阵音乐声。卡希旦卡回头一瞥，只见一队兵直接向它走来。它受不了那音乐，因为那音乐刺激了它的神经，它于是扭着自己的身子打转儿、哀叫。令它大吃一惊的是，木匠不但不害怕，也不喊叫，反而开心地露出牙来笑，并且挺直身子立正敬礼，五个手指头并在一齐举起来。卡希旦卡看见主人这样做，就越发大声地哀叫，蹿过马路去，蹿到了对面的人行道上。

等到它定下神，乐队已经不再奏乐，那队兵也不见了。它穿过马路回到它刚才离开主人的地方，可是怎么办，木匠不在了。它往前飞一样地跑，然后折返跑回来，再蹿过马路，可是木匠犹如钻进地下去了似的。卡希旦卡开始嗅人行道上的气味，希望靠它主人的气味找到主人，然而恰好遇到一个可恶的家伙穿着新胶鞋走过那段路，现在一切微妙的气味全都跟刺鼻的橡皮的臭气混合在一块儿，因此没法闻出主人的气味。

卡希旦卡到处跑来跑去，仍然找不到它的主人，同时天也已经黑了。

街灯在马路的两边亮着，各处的窗子里也透出亮光来。鹅毛般的大雪片落下来，染白了车夫的帽子、马背、人行道。暮色越来越黑，那些东西也就越显得白。陌生的客人不停地走过，挡住它的视线，还用脚踢开它。（所有的人，被卡希旦卡分成两部分：主人和客人。他们中间有个最主要的区别：主人有权利打它；而客人呢，它有权利咬破他们的小腿上的衣物。）那些客人正在匆忙的上什么地方去，理都不理它。

等到天色已经全黑，卡希旦卡又伤心又害怕。它在人家的门口蜷缩成一团，凄惨地哀号起来。跟着路卡·亚历山德里奇跑了整整一天，它累了；它的爪子和耳朵都冻僵了；还有，它饿极了。这一整天它只吃过两次东西，每次都只是一点点：它在书籍装订匠那儿喝过一点浆糊，它在一家酒店的柜台旁边，地板上找到了一片腊肠皮——一股脑儿就吃了。如果它是个人，那它现在一定在想："不行啊，照这个样子下去是活不下去的！我非死了不可啦！"

二　神秘的陌生人

可是它什么都不想，它光是哀号。等到它的脑袋和脊背全被柔软的、羽毛样的雪染满，由于疲乏而痛苦地昏昏睡去的时候，忽然家里的门哗啷一声响，吱吱嘎嘎地开了，正好撞在它的身上。它惊跳起来。一个属于客人那一类型人从里面走出来。卡希旦卡哀号着，钻到他的脚边去，他不由得看到了它。他躬下身来凑近它，热心地问道：

"小狗儿，你是从哪儿里来的？我磕痛你没有？唉，可怜的小东西，可怜的小狗……算了，你别生气了，别生气了……对不起。"

卡希旦卡就这样隔着挂在睫毛上的雪片，瞧着陌生人，看到自己的面前站着一个肥胖的小个子，有一张剃光胡子的、胖胖的脸，戴着一顶高礼帽，穿着一件皮大衣，敞开了前胸。

"你在哭什么?"他接着说,拿他暖和的手指头掸掉它背上的积雪,"你的主人现在在哪里呀?我想你应该是迷路了吧?唉,可怜的小东西哟!现在我们到底该怎么办呢?"

卡希旦卡从这陌生人的声音里听出热诚的、温暖的调子来,就舔了舔他温暖的手,叫得越发可怜了。

"哎哟喂,你这漂亮的、耐人的小东西!"陌生人说,"简直就是条狐狸嘛!算了,没有别的办法,你就跟着我来吧!也许你还有点用处。……好了!"

他吧唧嘴,对卡希旦卡打了个手势。那手势只能有一种解释:"跟我来!"卡希旦卡跟着陌生人去了。

过了不到半个小时,它坐在了一个又敞亮又大的房间里的地板上,仰着头,好奇而温柔地瞅着坐在桌子那儿吃饭的陌生人。他一边吃,一边丢些东西给它吃。……开始他给它丢一些面包和干酪的绿皮吃,后来丢给它一块肉、半个饼,和小鸡的骨头,而它呢,正巧饿得慌,便很快地吞咽下去,来不及尝滋味。它越吃,饥饿的感倒越明显了。

"你的主人没好好地喂养你哟,"生人调侃地说,看见它狼吞虎咽的吞下那些东西,连嚼也顾不得嚼一下,"你长得太瘦了啊!只剩下皮包骨啰……"

卡希旦卡吃了很多很多,但仍没满足它的饥饿,只是胀得呆瞪瞪的罢了。晚饭后,它躺下来在房间中央,伸直腿,感到周身有一阵舒服的倦意,晃了晃尾巴。趁新主人倚靠在安乐椅上抽雪茄烟,它就摇晃着尾巴,考虑了一个问题:究竟是木匠的家里好呢,还是陌生人的家里好。陌生人的景况又寒酸又难看,除了沙发、安乐椅、地毯、灯以外,什么都没有了,整个房间里显得空荡荡的。而木匠家里呢,整个地方塞满了各种东西:凳子啦,桌子啦,刨花堆啦,钻子啦,刨子啦,锯啦,盆子啦,装着金翅雀的鸟笼啦……陌生人的房间里没一点其它气味，木匠的房间里总有一大团雾，还有一股刨花、油漆、胶水等凑成的奇怪的气味。另外，陌生人也有一个很大优点——他可以给它许多东西吃。而且，也该说一句十分公道的话才对：在卡希旦卡冲桌子坐着，渴望地瞧着他的时候，他一次也没踢它或打它，一次也都不叫喊："滚开，该死的小畜生！"

它的新主人抽完雪茄烟之后，走了出去，大概过了一分钟又回来，手里捧着一个小小的软垫子。

"喂，小狗，快上这儿来！"他说着，把垫子放在墙角处，狗的身旁，"快躺在这上头，睡觉吧！"

然后他关了灯，走出去了。卡希旦卡在垫子上安静地躺了下来，闭上双眼。狗吠声从街上传来，它有心应一声，可是忽然它被意外的忧郁牢牢地抓住了。它开始想念路卡·亚历山德里奇，想念他的儿子菲杜希卡，想念它在凳子底下的自己的那个舒舒服服的小窝……它想起在漫长的冬夜里，木匠大声念报纸或刨木头的时候，菲杜希卡常和它一块儿玩。……他常从凳子底下抓住它的后腿，把它从里面拉出来，尽兴地玩弄它，弄得它眼前冒金星，每一处关节都痛起来。他命令它用后腿走路，还把它当铜铃玩。就是，揪住它的尾巴，拼命地抡它，弄得它大声地叫喊；他让它闻鼻烟。……有一种玩法叫它特别难受：菲杜希卡拿一根拴好一块肉的绳子，拿给卡希旦卡，然后等到它一口咽下去，他就哈哈大笑，用绳子往回一拉，把肉从它胃里拉出来了……回忆越是伤心，卡希旦卡也越是嘶叫得凄惨。

可是不久温暖和疲乏抑制了忧愁。它终于开始睡着了。在它的梦里，许多只狗跑到它的面前：其中有一条卷毛的老狗，那狗是它今天在街上见到的，眼睛上长了一块白斑，鼻子旁边长着一绺软毛。菲杜希卡手里拿着一个钻，追赶那条狗，后来忽然间他也长了一身蓬松的软毛，也站在卡希旦卡身旁快活地号叫。卡希旦卡和它互相要好地嗅嗅各自的鼻子，沿着大街快乐地跑下去……

三　很投缘的新朋友

等到卡希旦卡醒来的时候，天已经大亮了，街上传来白天才有的声音。房间里没有其他人。卡希旦卡伸了个懒腰，打了个呵欠，心里别扭，肚子也不舒服，在房间里踱来踱去。它嗅了嗅家具和墙角，瞅了瞅过道，发现那儿没什么感兴趣的东西。除了通往过道去的门以外，还有一扇门。卡希旦卡思考了一下，就用两只爪子挠那门，打开了那扇门，走进隔壁房间。这儿，在床上的，毛毯底下，躺着一个在睡觉的客人，它认得这个人就是昨夜的那个陌生人。

"呜呜……"它嘟哝着，可是想起昨晚的那顿大餐，就摇晃尾巴，嗅起来。

它嗅那陌生人的靴子和衣服，觉得它们都有马匹的味道。这寝室还有另一个门，也关闭着。卡希旦卡挠住门，拿胸膛抵着门，推开它，马上闻到了一股很可疑的、奇怪的气味。卡希旦卡想到就要有不愉快的事情发生，就发出呜呜的声音，一边往四处看，一边走进一个粘着肮脏的壁纸的小房间，可是刚走进去，就吓得倒退回来。它看见了一个可怕的惊人的东西。一只灰色的公鹅径直朝它走来，嘶嘶地叫，把脖子伸到地上，展开翅膀。在离鹅不远的地方，一块小垫子上，躺着一只白色的雄猫，一看见卡希旦卡，它就跳了起来，拱起背，摇晃尾巴，周身的毛直立起来，它也朝卡希旦卡嗞嗞地叫。小狗儿心里害怕，但又不愿意显露出惊慌的神情，就大声哀叫着，朝那只猫冲了过去。猫儿的背拱得比方才还高，喵喵叫着，伸出爪子向卡希旦卡当头一下。卡希旦卡往后一退，四个爪子往地下一抓，朝猫儿伸出鼻子去，一口气又尖又亮地嘶叫个不停。就在这时，公鹅包抄它的后路，在它背上狠命啄了一下。卡希旦卡立刻跳起来，朝公鹅扑打过去。

"这到底是怎么回事？"它们听见生气的、响亮的声音，陌生人穿着睡衣走到房间里来，两排牙齿间叼着一支雪茄烟。"这到底是什么意思啊？各归原位！"

他慢步走到猫那儿去，轻轻拍了拍它那拱起的后背，说：

"菲奥朵尔·古莫菲伊奇，这到底是什么意思？你真的打架来着？哼！你这老混蛋！快躺下！"

他回转过身对公鹅吼道："伊凡·伊凡尼奇，快滚回你的老家去！"

猫乖乖地在它的垫子上慢慢躺下来，微闭上眼睛。从它的脸边和胡子的表情看来，它很不满意自己发了脾气，还打了架。卡希旦卡怨恨地哀叫起来，而公鹅呢，伸出脖子，开始清楚、兴奋、急速地讲着什么，可又叫人根本听不懂。

"算了，算了，"它的主人打了个呵欠说，"你们得和平友爱地相处在一起才成。"他摸了摸卡希旦卡，跟着说，"你，红毛的小东西，不必害怕……它们都是很好的伙伴儿，它们不会伤害你。稍等，我们管你叫什么名字好呢？你总不能没有名字啊，我亲爱的宝贝儿。"

陌生人想了一下，说："那么我告诉你……你就叫姑姑好了……听清楚没有？姑姑！"

他又说了好几遍"姑姑"然后就出去了。卡希旦卡安坐下来，开始监视它们。猫儿一动也不动地坐在它舒服的垫子上，佯装睡觉。公鹅探出脖子，顿着脚，仍旧在兴奋而急促地讲着什么东西。它的确是一只很有见识的公鹅，每当发表了冗长的高论之后，总是会往后退一步，表现出惊讶的神情，做出对自己的演说十分满意的气派。卡希旦卡听它的演说，用"呜呜……"的声音回答，然后去嗅各个角落。在一个角落，它发现了一个瓦钵,那里面装着一些用水浸泡过的豌豆和一些用手撕碎的黑面包皮。它尝试那些豌豆的味道,它们并不好吃;它再尝了尝撕碎的面包,于是高兴地吃起来。公鹅看见陌生的小狗儿在吃自己的粮食,一点也不生气,反而倒更兴奋地叙述起来,而且为了表示对伙伴的信任,还走到瓦钵这儿来,亲自吃了那几颗豌豆。

四　架子上的奇怪玩艺儿

后来没过多久,生人再次走进来,随身带来了一个奇怪的东西,像是个数字Ⅱ或架子。在这做工粗糙的木架子上面的那条横梁上悬挂着一个铜铃,还拴着一把手枪;铜铃的舌头上垂下一条线来,手枪的扳机上也垂下一条线来。生人把那架子摆在房间的正中央,他花了很长时间在上面拴什么,又解开什么,然后瞅着公鹅兴奋地说道:"伊凡·伊凡尼奇,请!"

公鹅快步走到他面前,站罢,摆出等候的姿势。

"好,"陌生人说,"咱们从头开始演起。先向观众鞠个躬,行个礼!好好表现!"

伊凡·伊凡尼奇探出脖子,向四方礼貌地点头,还把它的腿往后蹬一蹬。

"好。太棒了……现在,死!"

公鹅仰面朝天地躺下去,两条腿直直地立在空中。又演了一些不算稀奇的、这一类的玩艺儿之后,陌生人忽然用双手抱住头,装出惊恐的神情,叫道:"救命啊!着火啦!我们快要被烧焦啦!"

伊凡·伊凡尼快速奇跑到架子那儿,用长嘴叼住线,弄得铜铃叮叮当当地响起来。

陌生人十分满意。他抚摸着公鹅的脖子高兴地说道:

"太棒啦,伊凡·伊凡尼奇!现在,假设你是个珠宝商人,卖钻石和金子。现在再假设你上你的店里去，发现你的店里有强盗。遇上这种情况，你该怎么办？"

公鹅用自己的长嘴叼住另外一条绳子，拉一下，立刻就令人听见了一声震耳欲聋的枪声。卡希旦卡听见铃响，原本高兴得很，如今这一声枪响，更让它喜欢得不知怎么办好，于是绕着那个架子狂跑，汪汪地叫起来。

"姑姑，趴下！"陌生人叫道，"不许发出声音！"

伊凡·伊凡尼奇的责任并没随着那一声枪声结束而结束。陌生人在公鹅的脖子上系上了一个绳子，在这以后，整整一个钟头，陌生人把它当作一匹马，抽动鞭子，驱赶着它在自己四周绕圈子。公鹅一路跨过低栏，钻过圆环；它还得似马那样抬起前蹄，那就是用尾巴坐在地上，把两条腿在空中乱舞一阵。卡希旦卡没有办法叫自己的眼睛离开伊凡尼奇，兴奋得打滚儿，有好几次憋不住劲，跟在公鹅后面跑，发出尖厉的叫喊声。待到公鹅和陌生人自己都玩累之后，他擦拭着眉毛上的汗，叫喊道：

"把哈甫洛尼雅·伊凡诺芙娜带到这个地方来，玛丽亚！"

过一阵儿，传来了咕噜咕噜的声音。卡希旦卡呜咽地叫着，表现出很勇敢的样子，但是为了安全起见，走到陌生人的身旁去。门打开了，一个老太婆探出头来，说了一句什么话，领进来一只很丑的、乌黑的母猪。这母猪理也不理卡希旦卡呜咽的嘟哝，抬起它的小蹄子，好意地发出咕噜咕噜的声音。它看见了它的主人，还有猫儿，伊凡·伊凡尼奇，它慢步走到猫那儿，用蹄子朝猫的肚子轻缓踢一下，然后对公鹅说了句话，它尾巴的摇动和它的动作，表现了很多的善意。卡希旦卡立刻觉得对猪呜咽地嘟哝，或汪汪地乱叫，是没有必要的。

主人顺手拿开架子，嚷道："菲奥朵尔·古莫菲伊奇，请！"

猫儿勉强地、懒洋洋地伸了个懒腰，仿佛不得不办一件公事似的，懒散地走到母猪那边儿去。

"来，咱们从埃及的金字塔开始演起。"主人终于开口了。

他花了很多的时间说明什么事情，然后发出号令来："一……二……三！"刚听到"三"，公鹅就展开翅膀，跳上母猪的背……它用翅膀和脖子平衡自己的身体，在那生着鬃毛的背上站住，就在这时菲奥朵尔·吉莫菲伊奇带着露骨的厌恶表情，表现出对公鹅的本领一点也没看在眼里的气派，懒散而冷淡地爬上母猪的背，然后满心不高兴地爬到公鹅背上，用后腿站了起来。这结果，当然就是陌生人所说的"埃及金字塔"。卡希旦卡乐得汪汪乱叫，可是这时，那只老猫打了个呵欠一下没站住，从公鹅身上滚了下来。伊凡·伊凡尼奇身子猛地一歪，也摔了下来。陌生人喊起来，转着胳臂，又数落起来。在金字塔上花了一个钟头的工夫之后，它们那不会疲倦的主人又开始教伊凡·伊凡尼奇跨在猫背上，然后开始教猫吸烟，等等。

这节课一直到陌生人擦拭着自己眉毛上的大汗，走出房间去，才结束。菲奥朵尔·吉莫菲伊十分奇厌恶地擤了擤鼻子，在它的垫子上趴了下来，闭上了眼睛；伊凡·伊凡尼奇走到槽边去；猪呢，由老太婆领出去了。多亏那无数的新回忆，卡希旦卡才一点也没觉得荒废就把这一天度过去了。到了傍晚，它，连同它的垫子，一同给安置到这个粘着肮脏的壁纸的房间里，和菲奥朵尔·吉莫菲伊奇和公鹅在一起儿过夜了。

五　天才！天才！

一个月就这样过去了。

卡希旦卡每天晚上吃一顿好晚餐，被人称作"姑姑"，渐渐地也就习惯了。它和那陌生人，和自己的新同伴，也慢慢地相处得熟了。生活倒也闲在而舒服。

天天总是这个样子。按照惯例，伊凡·伊凡尼奇又是第一个醒来，便立刻走到猫或姑姑那儿去，扭动着脖子，委婉而兴奋地谈起来，可是，还和先前一样，叫人听不懂。有时候它把它的脑袋高高地扬起来，发表着一长篇独白。起初卡希旦卡还以为它因为聪明，所以才话多。可是没过多久，它便对它失去了一切尊敬：每逢它讲着长篇演讲走到卡希旦卡面前来时，卡希旦卡也不再摇尾巴，反而把它看成是一个讨厌的话匣子，不让人睡觉，没有一点礼貌，于是拿"呜呜"的嘟哝声回应它了。

菲奥朵尔·吉莫菲伊奇却是位非常不同的绅士。每当它醒来，它一声也不吭，一动也不动，连眼睛也懒得睁开。它巴不得不醒来才最痛快，是那么回事，谁都可以看得明明白白，它是不大喜爱过生活的。什么事情也都引不起它的兴趣来，它对一切事情总是表现出一种落寞冷淡的态度，它厌恶一切的东西，哪怕它在吃它的精美的餐饭的时候，也仍然轻蔑地哼鼻子。

卡希旦卡呢，一醒来就在房间里来回走动，嗅一嗅各个墙角。只有猫和它，才被得到准许，可以在这所房子里的各处随意走动。公鹅却没有权利迈出这个粘着肮脏的壁纸的房间的门槛。哈甫洛尼雅·伊凡诺芙娜居住在外面院子里的一个小小的下房里，不到上课的时候不露面。它们的主人起床很晚，喝完茶马上就会来教它们耍把戏儿，架子啦、鞭子啦、圆环啦，天天来拿，而且天天差不多总演那一套动作。这堂课一上就是三、四个小时，所以菲奥朵尔·吉莫菲伊奇往往累得很，总是累得它摇摇晃晃，像喝醉了酒一样；伊凡·伊凡尼奇张开它的长嘴巴喘气。而它们的主人呢，变得满脸通红，来不及擦拭眉毛上的汗了。

课程和餐饭让白天非常有意思，可是一到了傍晚就无聊起来了。照例，一到傍晚，它们的主人就会带着公鹅和猫儿，一起出门，到一个什么地方去了，丢下姑姑一个人在家，孤孤单单，它在垫子上躺下来，开始觉得悲伤。

忧郁不知不觉地爬到它的心头上来，慢慢占有了它，就跟黑暗爬进一个房间，又占有那个房间一样。开始是这只狗失去吃东西，吠叫和在各个房间奔跑的兴致，到后来就连张开眼睛瞧一瞧东西的兴致也都没有了；然后，在它的想象里呈现出来半人半狗的、模糊的影象，带着可又叫人没法理解的、好看的、动人的面貌。它们一来，姑姑就摇晃尾巴，觉着以前好像在哪儿见过它们，爱过它们一样。……当它昏昏睡去的时候，它总是觉着那些影像有一股胶水、刨花、油漆的味道。

等到它完全过惯了现有的自己的新生活后，从一条又长又瘦的杂种狗变成一条体魄健壮的、毛儿发亮的狗时，在一天上课之前，主人就瞅着它，说：

"姑姑，现在到时候，该学正业了。你已经一件事不做，闲得够长时间啦。我要把你改造成一个艺术家。……你想要做艺术家吗？"

他开始教它学习各种新鲜的玩艺儿。

"这绝对是天才！这绝对是天才！"他说，"没错，当然一定是天才！你一定一定会成功！"

姑姑听惯了"天才"这两个字，每次它的主人念到这两个字，它就快活地跳起来，好像那是它的名字一样。

六　不安宁的一夜

姑姑又做了一个关于狗的梦，梦见看一个守门人拿着一把扫帚来追它，它心惊肉跳地醒了过来。

房间里非常黑，并且很闷。跳蚤正在叮咬它。在这以前，姑姑从没怕过黑暗，可是现在不知道因为什么原因，它总觉得非常害怕，甚至想要吠叫了。

它的主人在另外隔壁房间长叹一口气。不久母猪又在自己的猪圈里咕噜咕噜地哼叫着，然后一切又全部寂静了。平常，一想到要吃东西，它的心总可以稍稍轻松一点，现在姑姑又开始想着到了白天它怎样从菲奥朵尔·吉莫菲伊奇那儿可以偷到一只鸡腿，藏在客厅里那个墙壁和食橱中间的那个夹缝里，那儿有许多的灰尘和许多的蜘蛛网。如今是不是应该去看看那条鸡腿是不是还在那儿？说不定它的主人已经找到它，然后把它给吃掉了。可是它又不被允许在天亮之前走出房间去，这是规矩。姑姑闭上眼睛，赶快进去睡觉，原因是它凭经验知道你睡着得越快，早晨也就起来得越快。可是忽然在离它不远的地方传来一声奇怪的尖叫声，让它吃了一惊，用四条腿站了起来。那叫声是伊凡·伊凡尼奇，它的嗓音不像平常那样娓娓不倦，喊喊喳喳，却是不自然的、尖厉地、死命的叫喊，就和开门时的吱扭声一样。姑姑在夜里什么也看不清，也就不明白到底出了什么岔子，就觉得更害怕，嘟哝着"呜呜……"

又过了一会儿，好像有吃完一根好骨头那么长的时间，那叫声也没再传来。渐渐地，姑姑的不安又过去了，它打起盹儿来。它梦见了两只大黑狗，它们的后部和腰部还残留着一团团很嫩的皮毛；它们在吃着一只大盆里的剩饭，大盆里发出惹得人嘴馋的香气和升起白濛濛的热气；它们时不时地回头来看一眼姑姑，龇出獠牙来，叫喊道："我们就不让你吃！"接着一个穿着皮袄的农民从房间里走出来，拿鞭子把它们都赶走了；然后姑姑走到盆子旁边那儿，又吃起来。但是等到农民走出大门，那两只黑狗又朝它猛扑过来，狺狺地咆哮，突然又来了一声尖叫：

"叽——叽！叽——叽——叽！"伊凡·伊凡尼奇奇怪地叫道。

姑姑被惊醒了，跳了起来，但没离开它的垫子，一口气汪汪地叫了起来。它觉得那尖叫好像不是伊凡·伊凡尼奇，像是别人；不知什么原因，母猪也在自己的猪圈里哼叫起来。

接着传来了拖鞋噼啪噼啪的声音，主人穿着睡衣走进房里来，手里拿着蜡烛。闪烁不定的亮光在泥污的壁纸和天花板上乱闪，驱逐了黑暗。姑姑看见房间里并没有外人。伊凡·伊凡尼奇就坐在地板上，还没睡着。它的翅膀大张开，它的嘴巴也张开，总之，看样子它仿佛很累非常渴。老菲奥朵尔·吉莫菲伊奇同样没睡着。它一定也是被叫声惊醒了。

"伊凡·伊凡尼奇，你这是怎么啦？"主人问公鹅，"你为什么在叫唤？难道你病啦？"

公鹅没再回答。主人摸摸它的脖子，又摸摸它的背，说道："你真是个奇怪的家伙。你自己不睡觉，却也不让人家睡觉。……"

主人走了出去，随身带走了身边的蜡烛，房间里又是一片黑暗。姑姑顿时觉着害怕。公鹅也不叫了，可是姑姑又觉着房间里有了一个外人。特可怕的是它没办法咬那外人一口，原因是他是没有形状的，肉眼看不见的。不知什么原因，它觉着今天晚上一定会发生一件十分糟的事。菲奥朵尔·吉莫菲伊奇也很不安。姑姑可以偶尔听见它在垫子上摇头、打呵欠、扭动。

街上的什么地方传出来了敲门声，母猪在自己的猪圈里咕噜咕噜地哼叫。姑姑也哀叫起来，伸出前爪，把脑袋枕在前瓜上。它好像觉得那敲门声、母猪的咕噜咕噜声，加上这安静和黑暗，有着如同伊凡·伊凡尼奇的尖叫那样可怕和凄惨的意味。一切都兴奋却不安，但是那是为什么？那个用肉眼看不见的外人到底是谁呢？这时两点模糊的绿光在姑姑附近又亮了一亮。看来那是菲奥朵尔·吉莫菲伊奇，这还是它们相识以来它第一回走到姑姑旁边来。它到底要做什么呀？姑姑顺着舔了舔它的爪子，但没问它为什么要走过来，只用好几种调门轻轻哼叫了几声。

"叽！"伊凡·伊凡尼奇哀号叫道，"叽！"

门又打开了，主人举着蜡烛走了进来。

公鹅还照原先那种姿势坐着，张大嘴巴，它的翅膀也大张开，眼睛闭着。

姑姑在他脚边还是走来走去，不明白自己为什么心里那么难过，也不明白为什么大家都这么的不安，它极力想要搞明白，注意地看着他的每一个动作表现。菲奥朵尔·吉莫菲伊奇平常少有离开自己的垫子，这时的它也走进寝室来，拿身子蹭他的脚。它摇了摇头，仿佛要摇掉脑子里痛苦的想法似的，一个劲儿疑惑地瞧着床的下面。

主人拿出一个小碟，从水壶中往小碟上倒了一些水，又回到公鹅那儿去了。

"喝吧，亲爱的伊凡·伊凡尼奇！"他温柔地对它说，把小碟放在它面前，"喝吧，亲爱的宝贝儿。"

但是伊凡·伊凡尼奇没有动弹，也没有睁开眼睛。主人按下它的小脑袋，凑到旁边的小碟上，把它的嘴伸进水里，但是公鹅就是不喝水，它越发张开翅膀，但是它的脑袋却就只有躺在碟子上了。

"不行，现在是没办法了，"主人说，"什么都全完了。伊凡·伊凡尼奇就这样死啦！"

天开始渐渐地亮起来，原本让姑姑非常害怕的那个肉眼看不见的外人，已经不再在房间里了。等到天色大亮起来时，守门人就走进来，抱起了公鹅，把它带走了。过了不久之后老太婆走来，拿走了那个小瓦钵。

姑姑走到客厅，瞧了瞧食橱背后：它的主人并没吃掉那块鸡骨头，它仍然躺在灰尘和蜘蛛网里；可是姑姑觉得非常难过、想哭，凄凉。它闻也不闻一下那块骨头，就走到沙发下面，坐下，开始用细小的声音轻轻哭泣着。

七　不顺利的出台表演

在一个晴朗的夜晚，主人走进了糊着泥污的壁纸的房间，搓一搓手，说：

"那么……"

他原本想说下去，可是就是没说出来，就又走出去了。姑姑在上课的时候仔细研究过他的声调和脸色，认定他这时一定非常着急、激动，而且，它还认为，他在生气。不久这后，他又回来了，说：

"今天我必须要带着菲奥朵尔·吉莫菲伊奇和姑姑一块儿去。如今，姑姑，你要在'埃及金字塔'里代替可怜的伊凡·伊凡尼奇表演。天知道表演的结果会是怎样！样样都没准备好，一切都没有练熟，只排演过很少的几次！我们就要丢脸啦，我们就要出丑啦！"

然后他又走了出去，过一会儿穿着皮大衣，戴着高礼帽走来了。他走到猫儿面前，抬起它的前爪，把它放在大衣的前面。菲奥朵尔·吉莫菲伊奇满不在乎，甚至连它的眼睛也没睁一睁。无论躺在原地也好，被人抓住爪子抬起来也好，钻进主人的皮大衣里面也好，睡在垫子上也好，对它来说，明明是一件完全没有什么关系的事。

"跟我一起走，姑姑。"主人说。

姑姑摇了摇尾巴，虽然不明白这是怎么回事，还是跟着他走了。过了一分钟，它坐在了雪橇上主人的脚旁边。主人被不安和寒冷弄得缩成了一团，姑姑听见他自己独自唠叨着：

"我们要出丑喽！我们要丢脸喽！"

在一座样子十分古怪的大房子前面，雪橇停了下来，那房子好像一个倒扣着的大汤勺一样。这所房子的三扇玻璃门，加上长门道，被十几盏明晃晃的灯照亮着。门伴随着响亮的闹声开了，如同嘴牙那样把在门口来去的人吞进吞出。除了有许多人外，还有些马也同样跑到门口来，可是看不见狗。

主人双手抱起姑姑来，把它塞进了大衣里面，菲奥朵尔·吉莫菲伊奇已经先在那儿等着了。那儿又闷又黑，但是暖和。一刹那间，两个绿火星朝它亮了一亮：那是猫的眼睛；它受到邻人的粗糙、冰凉的爪子的搅扰，睁开眼来。姑姑舔了舔猫的耳朵，尽力使自己待得稍微舒服点，用自己的凉爪子压在猫身上，有时从大衣里面探出头来，可是马上生气地嗥起来，就又缩回头去。它总是觉得自己仿佛看见了一个灯光不亮的大房间，都是些妖怪；房间的两边都立着栏杆，挂着帷帐，从那后面探出许多狰狞的脸来：许多马儿的脸，头上很长的耳朵和长着犄角，还有一张胖胖的大圆脸，该长鼻子的地方却长了一条尾巴，嘴里还伸出两根被人咬过的大长骨头。

　　猫儿在姑姑的爪子底下哭着干哑地咪咪叫，这时大衣敞开了，主人说了声："快跳下来！"菲奥朵尔·吉莫菲伊奇和姑姑就都跳到地板上。它们如今到了一个小房间，四面是灰色的墙壁；房里没有其他家具，只有一个凳子和一个小桌子，桌上还有一面镜子，墙角悬挂着些破烂衣服；房间里没挂灯，也没点蜡烛，只是在墙上钉着一个破小管子，管口冒出明亮的、扇形的光来。菲奥朵尔·吉莫菲伊奇用舌头舔一舔被姑姑揉绉的皮毛，走到了凳子底下，舒服地躺下来。它们的主人依然激动、紧张，搓着手，开始换衣服。……他如同平常在家里准备睡到毛毯子底下去的时候，像那样脱衣服，那其实就是，样样东西都脱掉了，只留下单衣单裤，然后在周围的凳子上坐下来，照了镜子，自己一个人玩起十分出奇的花样来。……一开始，他把一顶假发戴在他的头上，那假发是中间分开，有两绺头发翘了起来，和犄角一样；接着他用一种白色东西把脸涂上厚厚的一层白色，在那白颜色上画出了上髭，眉毛，两边脸蛋儿上抹两块红。做到这儿，他的滑稽戏还没结束，涂抹了脖子和脸儿之后，他才开始给自己穿上一套不合身的、特别的衣服，那种衣服也是姑姑以前在街上或在房子里从没有见到过的。于是你想想看：很长的裤子，料子是洋布，印着很大一朵漂亮的花，那种料子是工人阶级的家庭用来做遮盖家具或当窗帘的，并且那条裤子的高裤腰掖到了他的胳肢窝底下。其中一条裤腿是棕色的布，一条裤腿是鲜黄色。那条裤子应该差不多把他周身全部都装在里面了，然后他又穿上了一件布料的短上衣，上面镶着扇形的大领子，背上又绣一个金星，于是又穿上很多颜色的袜子，和绿颜色的拖鞋。

姑姑觉得灵魂和眼前里面，仿佛样样东西都在转动。这个口袋样的、白脸的人，气味倒像是主人的气味，声音也是主人的那种熟悉的声音，可是有很多次姑姑满心的怀疑，真想从这花花绿绿的人面前就这样跑开，汪汪地叫几声才是最好。这个那种气味，扇形的光，新地方，主人的改装——就这一切，在它心里产生了一种朦胧的预兆和恐惧：它一定会遇上可怕的东西，就和刚才遇到的那个没有鼻子却长着尾巴的大脸一样。更多的是，隔着板墙，不知道从什么地方传来一个难听的乐队的奏乐声，时不时的它还能听到叫人摸不着头脑的叫喊声。现在只有一件事情能叫它安定下心来——那就是菲奥朵尔·吉莫菲伊奇的老泰隆钟。它在凳子底下十分平静地打着盹儿，虽然人家把那凳子挪开了，它也不睁开眼来看。

一个身着白坎肩和礼服的汉子在这小房间的门口伸一伸头，说道：

"阿拉贝拉正在表演。等她下来——就是你上啦。"

它们的主人还没答话。他从桌子底下顺手拿出一个小盒子，坐了下来，就这么等着。通过他的手和他的嘴唇就能看得出来他很紧张，姑姑听得见他的呼吸有点喘。

"乔治先生，快上场吧！"有人在门外大声嚷道。它们的主人站了起来，在自己的胸前画了又画，共三回十字，然后从凳子底下抱起那只猫来，放进了盒子里。

"快来，姑姑。"他轻声说。

姑姑不明白为什么要叫它，于是就走到他手边去了。他亲一亲它的额头，把它放在菲奥朵尔·吉莫菲伊奇的身边。之后是黑暗。……姑姑脚踩着猫儿，挠一挠箱子的墙壁，心里害怕得很，一声也叫不出来。盒子摇着，晃着，好像是在水波上一样。……

"大家好！我们又来啦！"它的主人大声喊，"我们真的又来啦！"

这句话喊完之后，姑姑觉得盒子触碰到了一个硬梆梆的什么东西，就再也不晃了。接着，又迎来了一片响亮洪大的吼叫声，有人在鼓掌，还有人——应该就是那个应该长鼻子的地方却长了条尾巴的人，又笑又叫，声音极大，使得箱子上的锁也颤动起来。它主人回答这种莫名吼叫声的时候却发出更加尖厉的哈哈大笑，他在家里从来没那么笑过。

"哈哈！"他大声嚷道，极力要喊得比吼叫声还要高，"尊贵的朋友们！我刚刚从车站那边来！我的奶奶就这样呜呼哀哉啦，留下一份产业！这盒子里有个很重很重的东西，那一定是金子了，哈哈！我敢打赌那东西准值一百万美金！让我们打开来看看吧。……"

箱子的锁随着"咔嚓"一响，明亮的光刺痛了姑姑的眼睛，它立即跳出盒子，被吼叫声震耳欲聋，环绕着它主人很快地跑了一圈，尖声叫了起来。

"哈哈！"它主人兴奋地叫道，"菲奥朵尔·吉莫菲伊奇叔叔，亲爱的姑姑！好朋友！叫鬼逮了你们去那样才好哟！"

他弯下身来，肚子紧贴着地，逮住姑姑和猫儿，和它们拥抱一下。他把姑姑紧紧地抱在怀里的时候，姑姑向四周看了看。命运把它带到一个什么样的世界里来了。想不到这个地方有这么老大，它因为愉快和惊奇，一时呆住了，然后又跳出它主人的怀抱，为了要表示它的感情的很强烈，就站定在一个地方团团地转起来，仿佛是个陀螺似的。这新世界很大，充满了阳光；不管它往哪儿瞅，四面八方，从地板到天花板，全都是脸，脸，脸，没有别的全都是。

"姑姑，我求您坐下吧！"它的主人大声喊道。姑姑想起这句话是什么个意思，这才跳到旁边一个椅子上去了，安静地坐下来。它瞅着主人。他的眼睛照常十分严肃而温和地看着它，可是他的脸，特别是他的牙和嘴，被龇着牙的、不变的、欢畅的笑容弄得非常难看。他笑着，蹦着跳着，转动肩膀，在万万千千的脸面前做出十分高兴的神情。姑姑真的相信他十分高兴，突然觉得好几千张脸都在瞅自己，就抬起狐狸样的头，高兴地嗥叫着。

"您就坐在那儿，姑姑，"它的主人轻声对它说，"叔叔和我来跳卡玛林斯基舞吧。"

菲奥朵尔·吉莫菲伊奇就站在原地，冷漠地往四周外面看，等到人家叫它做一些比较荒唐事。它跳得没精打采的，阴阳怪气，心不在焉；从它的大耳朵、它的尾巴、它的动作，看得出来它深深地瞧不起这群人、这明亮的光、它自己本身、它的主人。它做完人家指定给它做的工作，就打个呵欠，伸了个懒腰坐了下来。

"如今，姑姑，"它主人说，"我们先来唱首歌，然后跳支舞，这样好不好？"

他从衣袋里拿出了一支笛子，吹奏起来。姑姑受不了音乐，在椅子上不安地叫起来，扭动。从四面八方传来了一片片喝彩声。它的主人鞠躬，等到大家又都静下来，就接着吹……他刚刚吹到一个高潮部分，观众席中高高的地方有那么个人大声叫道：

"姑姑！"一个小孩的声音叫着，"咦，那是卡希旦卡吧！"

"果真是卡希旦卡！"一个醉醺醺的、嘶哑的中音说。"卡希旦卡！如果我说得不对，就让我瞎了眼睛，菲杜希卡，它就是卡希旦卡。卡希旦卡，快到这儿来！"

有的人在楼座上吹了一声口哨。两个声音，一个是孩子的，一个是大人的，高声大叫道："卡希旦卡！卡希旦卡！"

姑姑着实吃了一惊，忙看了看那叫声是从哪儿来的。那儿有两张脸，一张脸醉醺醺，毛茸茸，龇着牙笑；另一张脸蛋儿现出惊奇的样子，红扑扑，胖嘟嘟。这两张脸朝着它看的眼睛，就和方才明亮的光潦乱了它的眼睛一样。……它终于想起来了，就从椅子上一跷跌了下来，翻倒在地上，翻个身跳了起来，快活地叫了一声，朝那两张脸跑了过去。于是来了震耳欲聋的吼叫声，夹杂着孩子的尖叫和打唿哨声："卡希旦卡！卡希旦卡！"

姑姑跳过那些栏杆，蹿过人家的肩膀。它终于发现自己落在一个包厢里：如果想跳出去，必须得先跳过一道高墙才成。姑姑纵身一跳，可是跳得不够高，顺着那道墙滑下来。接着它就从这只手被传到那只手里，舔着脸和手，越爬越高，终于总算到了楼座。……

半个钟头过去了，卡希旦卡在街上了，跟随着那两个有油漆和胶水气味的人。路卡·亚历山德里奇跟跟跄跄地走着，备受着经验的指导，本能地尽力想要离得那些水沟远些。

"我妈生了我这么个孽障，"他喃喃地说，"你卡希旦卡是个没什么头脑的东西。拿你和人相比，就跟拿粗木匠和细木匠相比一个样。"

菲杜希卡在它身边走着，戴着他父亲的帽子。卡希旦卡看了看他们的后背面，它总觉着自己好像跟他们走了好几十年似的，于是庆幸自己总算还没有死掉。

它回想那个糊着泥污的壁纸的房间，菲奥朵尔·吉莫菲伊奇，公鹅，马戏团，功课，好吃的餐饭，但是那一切对它说来如同是一场郁闷的、复杂的、漫长的梦罢了。